Thomas Mann

# Sämtliche Erzählungen 3

# 토마스 만 단편 전집 3

1판 1쇄 발행 2025년 12월 31일

지은이 | 토마스 만
옮긴이 | 김륜옥 외
발행인 | 신현부

발행처 | 부북스
주　소 | 04613 서울시 중구 다산로29길 52-15(신당동), 301호
전　화 | 02 - 2235 - 6041
이메일 | boobooks@naver.com

ISBN 979-11-91758-36-8　03850

부클래식

102

# 토마스 만 단편 전집 3

토마스 만

김륜옥 외 옮김

부북스

– 일러두기

* 원전은 프랑크푸르트판 《토마스 만 전집》 제8권 (Thomas Mann: Gesammelte Werke in dreizehn Bänden, Bd. 8, Erzählungen, Fiorenza, Dichtungen. Frankfurt am Main, Fischer Verlag 1974)

# 차 례

# 《토마스 만 단편 전집》제3권을 펴내면서

김륜옥(前 성신여대 교수)

토마스만독회에서 2020년과 2024에 각각 출간한《토마스 만 단편 전집》제1권과 제2권에 이어 제3권이 나왔다. 여기에는 〈열차 사고Das Eisenbahnunglück〉(1909), 〈야페와 도 에스코바르가 치고받은 사연Wie Jappe und Do Escobar sich prügelten〉(1911), 그리고 〈베네치아에서의 죽음Der Tod in Venedig〉(1912)이 수록되어 있다. 그리고 모든 원본은 제1권 및 제2권의 경우와 마찬가지로, 프랑크푸르트 판 토마스 만 전집 제8권이다.

흔히 '언어의 마술사'로 불리는 토마스 만은 일찍부터 언어 내지 독일어의 다양한 표현 가능성을 철저히 실험하고 완성시킨 작가로 인정받고 있다. 그만큼 아무나 쉽게 흉내 내지 못할 그의 독특한 문체는 그 자체가 곧 심오한 문학이자 예술이다. 이에 따라 그의 텍스트를 읽는다는 것은 독일 어문학과 문화학의 범주를 넘어 매우 다양한 분야에 대한 이해력과 상상력이 총 동원되어야 하는 흔치 않는 독서 체험이 된다. 이런 맥락에서 이른바 '명성과 악명이 뒤섞인berühmt und berüchtigt' 토마스 만 문체는 매번 감탄과 함께 언어의 묘미를 즐기는 쾌감을 안겨 줄뿐만 아니라. '머리를 싸매는' 고뇌와 몽상으로 이끌어간다는 것은 독일어를 모국어로 쓰는 독자의 경우에도 마찬가지이다.

더욱이 독일어가 한국어와 매우 다른 언어라는 점은 차치하더라도, 특히 토마스 만 특유의 호흡이 긴 장문뿐만 아니라, 거의 모든 단어의 '의도된 이중성과 모호함'을 한국어로 옮긴다는 것은 그야말로 외발로 줄타기를 하는 기분을 안겨다 준다. 이번 제3권에서는 특히 〈베네치아에서의 죽음〉이 대표적인 사례가 되겠으되, 이런 모든 번역 과정에서 독회의 열정적인 회원들은 그야말로 희노애락을 같이 하면서 끈끈한 동지애를 더욱 굳게 다질 수 있었으리라.

이미 발간된 제1권 및 제2권의 편찬을 맡아주셨던 안삼환 교수님과 오청자 교수님께서 초기에 다양한 측면에서 대두되던 거의 모든 어려움들을 헌신적으로 조절하고 정돈해두신 덕분에 제3권의 편집은 크게 할 일도 없이 수월한 편이었다. 이에 두 분께 다시 한 번 깊은 존경의 말씀을 올린다. 그리고 바쁜 일정 중에도 각 텍스트를 잘 정리해주신 책임 번역자님들께 고마운 마음을 바친다.

많은 서적의 출판 작업 중에도 다시 성심껏《토마스 만 단편 전집》제3권의 발행을 맡아주신 부북스출판사 신현부 선생님께도 진심으로 감사를 드린다.

2025년 겨울
김륜옥

열차 사고

야페와 도 에스코바르가 치고받은 사연

베네치아에서의 죽음

# 열차 사고

이야기를 하나 해달라고? 어쩌지, 난 아무것도 모르는데. 좋아, 뭐 어쨌든 아무 이야기든 하나 해볼게.

그러니까 지금으로부터 벌써 2년 전이야. 내가 열차 사고를 당한 적이 있었어. 그 사고는 세부적인 사항 하나하나까지 모두 내 기억에 남아 있지.

그건 결코 일류급의 엄청난 사고는 아니었어. '신원을 알 수 없는 무수한 시체 더미' 등등 그런 식으로 떠들어대는 대참사는 아니었단 말이지. 그런 것과는 달라. 하지만 그렇긴 해도 분명한 열차 사고였고, 흔히 사고에서 볼 수 있는 일들도 다 있었어. 게다가 밤중에 일어난 사고였으니까 말이지. 이런 일을 당한 사람은 흔하지 않아. 그러니 내가 그 이야기를 재미 삼아 들려줄게.

당시 나는 드레스덴으로 가는 중이었어. 몇몇 문학 후원자로부터 초대를 받고서 말이야. 그러니까 그것은 예술 순례(巡禮)

이자 명장(名匠) 여행인데, 이따금 나는 그런 여행을 즐겨 감행했어. 대표자가 되고, 연단에 오르고, 환호하는 군중에게 모습을 드러낸다는 것. 그것은 빌헬름 2세의 신하인 게 헛되지 않다는 뜻이지. 게다가 드레스덴은 너무도 좋은 곳이지(특히 츠빙어 궁전 말이지). 그리고 일을 마친 후에는 열흘이나 2주 정도 '바이서 히르쉬(순백의 노루)' 지역으로 가서 몸을 좀 돌보려고 했어. 그러다가 혹시 섭생(攝生) 덕택에 영감이라도 떠오르면 다시 일도 해볼 생각이었지. 그런 목적으로 나는 내 트렁크 맨 밑바닥에 원고를 넣어 두었어. 노트를 해두었던 자료와 함께 말이야. 그것은 상당한 양의 한 뭉치였는데, 갈색 포장지로 싸여 있고 바이에른주 색깔의 파랗고 하얀 튼튼한 노끈으로 묶여 있었지.

나는 편안하게 여행하는 것을 좋아했어. 특히 여행 경비를 누군가가 부담해 준다면 말이야. 그래서 침대차를 이용하기로 하고 그 전날에 일등석 칸을 예약해 두었지. 모든 게 아무 문제 없었어. 그럼에도 불구하고 이런 경우에는 언제나 그렇듯 마음이 흥분되는 거야. 왜냐하면 여행을 떠난다는 것은 내게는 언제나 모험이기 때문이지. 아무래도 나는 교통문제(수단)에 있어서는 결코 무감각할 수가 없을 것 같아. 드레스덴행(行) 야간 열차가 매일 밤 규칙적으로 뮌헨 중앙역을 출발해서 매일 아침 드레스덴에 도착한다는 것은 잘 알고 있는 사실이야. 하지만 나 자신이 그 기차에 타고 나의 소중한 운명을 그 열차와 결합시키는 경우에는, 그것은 하나의 커다란 사건인 거지. 그렇게 되면 나는 마치 그 기차가 단지 그날 오로지 나만을 위해 운행되는 것 같은 생각을 떨칠 수가 없어. 그리고 이런 불합리한 오류의 결과로써 자연스레 고요하고 깊은 마음의 흥분이 생기지. 그런데 출발하기 전의 모든 번거로움, 즉 트렁크를 챙기고, 짐을 실은 마차에 타서 역으로 가고, 그 역에 도착하고, 짐을 맡기는 등의 그 모든 수고가 끝나고 마침내 자리에 털썩 앉아서 안도의 한숨을 쉴 때까지는 그 흥분은 좀체 나를 떠나질 않아. 그렇게 되면 물론 기분 좋은 긴장감이 생기고, 정신은 새로운 관심사로 몸을 돌리게 돼. 둥근 유리지붕의 아치 뒤에는 커다란 미지의 세계가 펼쳐져 있고, 내 마음은 즐거운 기대감으로 가득 차게 되지.

이번 경우도 역시 마찬가지였어. 내 짐을 날라다 준 인부에게 꽤나 많은 팁을 주어서 그 인부는 모자를 벗고 내게 잘 다녀오시라고 인사했어. 그리고 나는 침대차 복도 창가에 서서 저녁 시가를 피우며 플랫폼의 부산한 광경을 바라보고 있었어. 휘파람을 불며 증기가 쉿쉿거리며 바퀴가 구르는 소리, 서두르는 발소리, 작별의 소리 그리고 신문팔이와 음료 판매원들의 노래 부르는 듯한 외침 소리가 들렸지. 그리고 달처럼 생긴 커다란 전등들이 10월의 밤안개 속에서 온 사방을 비추고 있었어. 두 명의 건장한 남자가 열차를 따라 짐을 가득 실은 손수레를 앞쪽에 있는 화물칸으로 끌고 갔어. 눈에 익숙한 표지를 해둔 탓에 나는 내 트렁크를 쉽게 알아볼 수 있었지. 그 트렁크는 많은 짐들 중의 하나로 그곳에 있었어. 그리고 그 밑바닥에는 귀중한 원고 한 꾸러미가 안전하게 자리 잡고 있었고 말이야. 그래서 이제는 걱정할 것 없다고 생각했어. 잘 처리되었던 것이지! 저 차장을 한번 봐. 가죽 멜빵을 걸치고, 근엄한 육군 상사 수염을 기르고, 무뚝뚝한 경계의 눈초리를 하고 있지. 저 차장이 노파를 야단치고 있는 모습을 봐. 닳아서 해진 검정 외투를 입은 노파가 하마터면 이등차를 탈 뻔했다고 해서 호통치는 저 모습 말이야. 그가 바로 국가이며, 우리들의 아버지이고, 권위이며, 안전이라는 것이야. 저 사내와 친교를 맺으려는 사람은 거의 없어. 저 사내는 엄격하며 가혹하기까지 하지. 하지만 신뢰 문제라면, 저 사내를 신뢰할 수는 있어. 그러므로 너의 트렁크는 아브라함의 품속에다 맡긴 것처럼 안전하다는 말이지.

한 신사가 플랫폼을 거닐고 있었어. 그는 각반(脚絆)을 착용하고 노란 가을 외투를 입고 있었으며, 목줄을 맨 개 한 마리를 데리고 있었지. 나는 이보다 더 귀여운 강아지를 본 적이 없어. 땅딸막하고 다부진 불도그였는데, 윤기 있고 근육이 억세고 검은 반점이 있었어. 때때로 서커스에서 볼 수 있는 강아지처럼 잘 길들고 익살스러웠어. 조그만 몸집으로 있는 힘을 다해 서

커스 경기장 둘레를 뛰어다니면서 관객들을 즐겁게 해주는 강아지처럼 말이야. 이 개는 은(銀)목걸이를 차고 있었고, 매여 있는 줄은 다채로운 색깔로 엮은 가죽 소재였어. 하지만 개의 주인, 즉 각반을 착용한 신사를 생각해 보면 그 모든 것은 하등 이상할 게 없지. 신사는 분명히 고귀한 신분일 테니까 말이야. 그는 외알안경을 눈에 쓰고 있었는데, 그 모습은 이상스럽게 보이지 않고 오히려 강하고 예리한 인상을 주었어. 그리고 그의 콧수염은 오만스럽게 치켜 올라가 있었는데, 그로 인해 입언저리에도 그렇고 턱에도 마치 사람을 깔보면서도 의지가 강한 인상을 풍기는 것이었어. 그 신사는 군인처럼 엄격한 차장에게 어떤 질문을 하나 했어. 그러자 그 순박한 차장은 자기가 얘기 나누는 사람이 누구인지 분명히 느끼고 있었기 때문에 손을 머리 위 모자에 대고서 대답했지. 그러자 신사는 자신의 모습이 불러일으킨 인상에 만족하고서 계속 어슬렁거리며 걸어갔어. 그는 각반을 착용한 채 거드름 부리며 걸어갔고, 얼굴 표정은 냉담했으며, 사람이나 물건을 날카롭게 쳐다보았어. 그가 여행의 흥분 같은 것을 전혀 모른다는 것, 그것은 누구라도 쉽게 알 수 있었어. 그에게 있어서 여행과 같은 평범한 일은 결코 모험이 아니었어. 그는 삶을 자신의 본령으로 생각하는 유형의 인간이야. 세상의 제도나 폭력을 두려워하지 않아. 그 자신이 이 폭력에 속해 있지. 한마디로 말하자면 정말 '신사'인 거야. 내가 아무리 보고 있어도 싫증이 나지 않는 유형의 인간이야.

그가 이제 시간이 되었다고 생각하자 기차에 올라탔어(차장은 마침 등을 돌리고 있었어). 그가 복도에서 내 뒤를 지나갔는데, 나와 부딪쳤음에도 불구하고 "죄송합니다!"라는 말도 하지 않았어. 무슨 신사가 이렇단 말인가! 그러나 그것은 그다음에 일어난 일에 비하면 아무 일도 아니었어. 그 신사는 자기 개를 태연히 침실 안으로 데리고 들어가는 것이 아닌가! 의심할 여지 없이 그것은 금지된 일이야. 나 같으면 어떻게 건방지게 침대차 안으로 개를 데리고 들어가겠어? 하지만 그는 그렇게 했어. 그는 삶에서 자신의 주인 된 권리에 따라 그것을 행했지. 개를 데리고 들어갔고, 그리고는 문을 닫아버렸어.

기적이 울렸고, 기관차도 응답하며 삑 소리를 내며 서서히 움직이기 시작했어. 나는 약간 더 창가에 머무르며 선 채로 플랫폼에 남아서 작별 신호를 하는 사람들을 바라보기도 하고, 철교를 바라보기도 하고, 등불이 이리저리 흔들리는 것을 바라보고 있었어…… 그런 후에 나는 객실 안으로 들어갔지.

침대차는 별로 붐비지 않았어. 내 옆 칸은 비어 있었고 취침 준비가 되어 있지 않았던 까닭에 나는 그곳으로 가서 쾌적한 상태로 차분하게 독서하기로 했어. 그래서 나는 책을 가져오고 주위를 정돈했던 거야. 소파에는 훈제한 연어처럼 불그스레한 비단 천이 깔려 있었어. 접이 탁자 위에는 재떨이가 있었고, 가스는 밝게 타오르고 있었어. 그래서 나는 담배를 피우면서 책을 읽고 있었지.

침대차 차장이 차표 검사를 하기 위해 들어왔어. 내 승차권을 보여 달라고 해서 나는 그것을 그의 새까만 손에 넘겨주었지. 그는 정중한 어투로 말했지만 완전히 직업적이었어. 그래서 인간 대 인간으로 마음을 터놓고 하는 인사말인 '푹 쉬세요!'라는 말은 생략하더라고. 그러고는 곧장 옆방 객실을 두드리기 위해 가버렸지. 그러나 옆방 객실 노크는 관두어야 했어. 왜냐하면 그곳에는 각반을 착용한 신사가 자리 잡고 있었던 거야. 신사는 자기의 개를 보이지 않게 하려고 그랬는지 아니면 이미 잠자리에 들었기 때문인지 뭐 알 수는 없지만, 간단히 말하자면, 신사는 엄청 화를 내었어. 누군가 의도적으로 자신을 방해하려고 하고 있다고 말이야. 물론 덜커덩거리는 기차의 시끄러운 소리에도 불구하고 나는 신사의 즉각적이고도 격렬한 분노가 폭발하는 것을 얇은 벽을 통해 들었던 거지. "도대체 무슨 일이오?! 나 좀 쉬게 내버려 두란 말이오, 원숭이 꼬랑지 같으니라고!" 하고 신사는 외쳤어. 그는 "원숭이 꼬랑지"라는 표현을 사용했어. 신사적인 표현이자, 기수나 기사 같은 말로, 듣기만 해도 힘이 나는 표현이었지. 하지만 침대차 차장은 흥정을 시도했어. 그는 신사의 승차권을 반드시 받아야 했으니까 말이야. 그리고 나는 모든 상황을 자세하게 살펴보기 위해서 복도로 나갔기 때문에, 목격했던 것이 또 있었지. 신사가 있는 객실 칸의 문이 철컥 약간 밀쳐서 마침내 조금 열리게 되자 승차권을 묶은 차표 첩이 차장의 얼굴로 날아갔는데, 그것도 강하게 사정없이 바로 얼굴로 날아갔어. 차장은 그것을 두 팔을 벌려 받았지. 승차권을 묶은 차표 첩 한쪽 끝에 눈이 찔려 눈물이 나올 정도였음에도 불구하고, 차장은 두 다리를 차렷 자세로 모으며 모자에 손을 대고서 감사의 인사를 하는 거야. 그 광경에 나는 커다란 충격을 받은 채 내 자리로 돌아와 책을 읽기 시작했어.

나는 시가를 하나 더 피워보면 어떨까 하고 생각해 보았고, 뭐 별다른 지장이 없을 것 같은 결론을 내렸어. 그래서 나는 시가 하나를 피웠어. 기차의 덜커덩거리는 소리를 들으며 책을 읽으면서 말이야. 편안함을 느꼈고 이 생각 저 생각에 잠기게 되었어. 시간이 흘러 10시가 되고 10시 반이 넘었어. 침대차의 모든 승객은 잠자리에 들어버렸고, 결국 나도 그들을 따라 그렇게 하기로 했었지.

그래서 자리에서 일어나 내 객실 침대로 들어갔어. 정말 작고 호화로운 침실이었는데, 벽에는 압착이 된 가죽 벽지가 있었고, 옷을 거는 못이 있었고, 니켈 도금한 세면대가 있었어. 아래 침대는 눈처럼 하얗게 정돈되어 있었고, 이불은 사람을 초대할 마음이 생기게끔 잘 개어져 있었어. 오, 현대의 위대함이어라! 아, 위대한 새 시대여! 라고 나는 생각했어. 사람들은 마치 자기 집처럼 이 침실에 누웠지. 침대는 밤새 꽤나 흔들리겠지. 그런데 그 결과로써 다음 날 아침에는 드레스덴에 도착해 있게 되는 거야. 나는 잠잘 준비를 하기 위해 그물 선반에서 손가방을 꺼내었어. 나는 두 팔을 뻗친 채로 그것을 머리 위에 이고 있었던 거야.

바로 그 순간 철도 사고가 일어났어. 마치 어제 일처럼 나는 생생하게 기억하고 있어.

'쿵' 하는 충돌이 있었어. 아니, 충돌이라고 말하기에는 부족한 표현이지. 그 충돌은 '쿵' 하는 순간 바로 그냥 넘어갈 사고가 아님을 알 수 있는 충돌이었고, 우지직거리며 엄청난 소리가 난 충돌이었어. 그 위력을 말하자면, 선반에서 내리려던 손가방은 내 두 손에서 어디론가 날아가 버렸고, 나 자신은 벽에다 어깨를 부딪쳐 무척이나 고통스러울 정도였지. 제정신을 차릴 시간적 여유가 없었던 거야. 그때는 정신 차릴 순간이 아니었어. 하지만 그다음에는 내가 탄 객차가, 기차가 무섭게 흔들렸다는 거야. 그래서 그 흔들림이 계속되고 있는 동안에 무서움을 느낄 여유가 생겼던 거지. 기차가 전철기(轉轍機)가 있는 곳에서나 급커브 길이 있는 곳에서 잘 흔들린다는 것은 누구나 알고 있는 사실이야. 하지만 이번 흔들림은 사람이 서 있을 수가 없고, 사람이 벽에서 벽으로 내던져졌으며 차체의 전복을 생각할 정도였어. 나는 뭔가 아주 단순한 생각을 하고 있었는데, 오로지 그것만을 집중적으로 생각하고 있었어. '이건 보통 사고가 아니야, 이건 안 돼, 이건 절대 아니야.'하고 말이야. 말 그대로 그랬어. 게다가 '멈춰! 제발 멈춰! 정지!'하고 생각도 했지. 왜냐하면 기차가 정지하기만 한다면, 상황이 매우 좋아지리라는 것을 나는 알고 있었어. 자, 보시라, 고요하면서도 입밖에 내지 않고 간절하게 말하는 나의 명령에 따라서 마침내 기차가 정지했던 거야.

　　그때까지 침대차에는 죽은 듯한 정적이 흘렀어. 그제야 공포의 외침이 터져 나왔어. 부인들의 날카로운 울부짖음이 남자들의 둔중한 경악의 소리에 섞여서 들리는 거야. 내 옆방에서 "도와주세요!, 사람 살려!" 하고 외치는 소리가 들렸어. 그것은 분명히 얼마 전에 '원숭이 꼬랑지'라고 표현했던 그 목소리였어. 각반을 착용한 신사의 목소리 말이야. 두려워서 일그러지고 뒤틀린 목소리였지. "사람 살려!" 하고 그가 소리쳤어. 많은 승객들이 모여들었던 복도로 내가 나갔던 그 순간이었어. 신사는 비단 잠옷을 입은 채 침대칸에서 뛰쳐나와 정신이 나간 듯한 눈초리로 거기에 서 있었던 거야. "오, 하나님, 전지전능하신 하나님" 하고 신사가 외치는 거야. 그리고 완전히 자신을 낮추어 혹시라도 자신의 파멸을 모면하기 위해서, 그는 애원하는 듯한 어조로 또한 이렇게 덧붙였어. "사랑하는 하나님이시여……" 그러나 갑자기 그는 다른 무언가를 생각했어. 자력 구제를 생각한 거지. 그는 벽장으로 몸을 던졌어. 그 속에는 비상용 도끼와 톱이 하나씩 걸려 있었지. 그는 주먹으로 창유리를 깨뜨렸어. 하지만 그 도구에 바로 손이 다다를 수 없었기 때문에, 도구는 그대로 두었으며, 반쯤 옷을 벗은 부인들이 다시금 비명을 지를 정도로 거기 모여 있던 승객들을 난폭하게 헤치며 길을 내었어. 그러고는 기차 밖으로 뛰쳐나갔던 거야.

그것은 한순간에 일어난 일이었어. 나는 그제야 나 자신의 공포를 느꼈어. 등골에 어떤 탈진을, 아무것도 삼킬 수 없는 일시적 무능력을 느꼈어. 모두 그들과 마찬가지로 눈이 충혈되어 들어온 검은 손의 침대칸 차장 주변으로 몰려들었지. 어깨와 팔을 들어 여인들이 차장의 손을 잡으려고 다투었어.

탈선이 일어났다고 그 남자가 설명했어. 우리가 탈선했다는 거야. 그 말이 맞지 않다는 것은 나중에 입증되었지. 하지만 보라, 그 남자는 이 상황에서 말이 많아졌어. 그는 직무상의 객관성을 버렸으며, 큰 사건이 그의 혀를 풀어놓았어. 그는 자기 부인과의 내밀한 이야기도 했어. "나는 마누라한테 이렇게 말했어요. '여보, 내가 장담하건대, 오늘 꼭 무슨 일이 일어날 것만 같아!'" 자, 그리고 이제 마치 아무 일도 일어나지 않았을지 모른다. 정말 모든 사람이 그의 말이 옳다고 인정했어. 열차 안에 점점 연기가 퍼졌지. 자욱한 연기가 어디서 나오는 것인지 아무도 몰랐고, 우리는 모두 한밤중에 깜깜한 바깥으로 나가는 것이 좋겠다고 생각했던 거야.

다만 그것은 발판에서 선로 위로 높이 뛰어내려야 가능한 일이었지. 플랫폼이 없었기 때문이야. 게다가 우리가 탄 침대칸은 눈에 보기에도 다른 쪽으로 비스듬히 기울어져 있었어. 그러나 벗은 몸을 황급히 가린 여인들이 죽을힘을 다해 뛰어내렸고, 곧 우리는 모두 선로 사이에 서 있게 되었지.

거의 칠흑 같은 어둠이었지만 우리가 탔던 차량은 비스듬히 기울어 있기는 했어도, 뒤쪽은 모양이 멀쩡해 보였어. 그러나 앞쪽 — 15보 또는 20보 앞쪽은! 그 충돌이 그토록 끔찍하게 안쪽으로 쾅 소리를 낸 것도 괜한 일은 아니었어. 그곳은 폐허가 되어 있었지. 가까이 다가가면 그 가장자리가 보였고, 역무원의 작은 손전등 불빛이 그 위를 헤매고 있었어.

그곳에서 소식이 왔어. 흥분한 사람들이 그 상황에 대한 소식을 가지고 왔던 거지. 우리는 레겐스부르크를 지나 멀지 않은 작은 역에 아주 가까이 있다는 것이고, 우리가 탄 급행열차가 고장 난 그 전철기(轉轍機) 때문에 잘못된 선로로 빠졌고, 그곳에 서 있던 화물차의 후미를 전속력으로 들이받아 역 밖으로 내던져서, 그 화물차의 뒷부분은 아주 으스러졌고, 우리 기차도 심하게 망가졌다는 거야. 뮌헨의 마파이사가 제조한 큰 급행열차가 망가져 두 동강이 난 것이지. 7만 마르크짜리였어. 거의 옆으로 넘어진 앞쪽 차량 안에서는 부분적으로 좌석들이 서로 안

쪽으로 밀려 엉켜있었어. 천만다행으로 인명피해는 별로 슬퍼할 정도는 아닌 것 같았지. 늙은 부인 한 명이 "끄집어내졌다"라고 사람들이 말했지만, 아무도 그 부인을 본 사람은 없었어. 어쨌거나 사람들은 내동댕이쳐져서 서로 뒤죽박죽이 되었고, 어린아이들은 짐에 깔렸으니, 사람들이 매우 놀랐어. 짐칸은 완전히 부서졌지. 짐칸이 어떻게 되었다고? 완전히 부서졌어. 나는 그곳에 서 있었지……

한 직원이 모자도 없이 기차를 따라 달리고 있었어. 그는 역장이었는데, 그는 거칠게, 그리고 울먹이면서 승객들을 지휘하여 질서를 지키게 하고 선로를 떠나 차량 안으로 들어가도록 했어. 그러나 아무도 그를 존중하지 않았어. 모자도 안 쓰고, 자세도 바르지 않았기 때문이야. 불쌍한 남자! 그에게 책임이 있었을지도 모르지. 아마도 그의 경력은 끝났고, 그의 인생은 파괴되었어. 그에게 큰 수하물에 관해서 묻는 것은 예의가 아니었을 거야.

다른 역무원 한 사람이 그곳으로 왔어. 그는 절룩거리면서 왔는데, 나는 그의 경비원 구레나룻에서 그를 알아봤어. 그가 바로 그 역무원, 오늘 저녁에 본 그 무뚝뚝하고 주의 깊은 역무원, 국가요 우리의 아버지였어. 그는 몸을 굽힌 채 다리를 절었어. 한 손으로 무릎을 받치고 있었는데, 자기의 그 무릎 이외에는 아무것에도 신경을 쓰지 않았어. "아이고, 아이고!" 그가 말했어.

"아이고!"— "이제, 이제, 어떻게 하지?"— "아이고, 여보세요, 나는 그 사이에 처박혀 있었어요. 나는 정말 가슴에 부딪쳤고, 정말 지붕 위로 탈출했어요, 아이고, 아이고!"— 이 "지붕 위로 탈출했다"라는 말은 신문 기사 냄새가 나지. 그는 보통 "탈출"이라는 말을 쓰지 않았을 것이 분명해. 그는 자신의 불행뿐만 아니라 그 불행에 관한 신문 기사를 체험한 것이야. 하지만 그것이 내게 무슨 도움이 되겠는가? 그는 나의 원고에 대한 소식을 나한테 전해 줄 처지가 아니었던 거야. 그래서 나는 폐허가 된 잔해의 자극을 받고 중요한 소식을 가지고 방금 도착한 한 젊은이에게 큰 수하물에 관해서 물어보았어.

"네, 아저씨, 그 모습이 어떤지 모르는 사람은 없어요!"그의 어조는 내가 멀쩡한 사지로 빠져나온 것을 기뻐해야 한다는 듯이 들렸어. "거기엔 모든 것이 뒤죽박죽이에요. 여자 구두는……" 그는 거친 섬멸의 몸짓으로 말하고 코를 찡그렸다. "철거 작업이 보여주겠죠. 여자 구두는……"

그곳에 나는 서 있었어. 나는 완전히 혼자가 되어 한밤중 선로 사이에 서서 내 심장을 시험하고 있었지. 철거 작업이라. 철거 작업에 내 원고도 함께 진행되겠지. 그러니까 파괴되고, 찢어지고, 눌려 부서질 거야. 내 꿀벌 집, 나의 예술 거미줄, 내 영리한 여우 굴, 나의 자랑이자 노력, 나의 최선이. 사정이 정말 그렇다면, 나는 어떻게 할 것인가? 이미 써놓은 것, 이미 잘 짜맞

취 완성한 것의 복사본이 내게는 없었어. 나의 메모와 연구 작업, 수년간 모으고, 얻고, 엿듣고, 훔치고, 고난을 견뎌온 자료의 매점(買占) 보물은 말할 것도 없어. 나는 그러니까 무슨 일을 하게 될 것인가? 나는 나 자신을 잘 살펴봤어. 그리고 나는 처음부터 다시 시작하게 될 것임을 인식하게 되었지. 정말이지 동물 같은 인내심, 그 조그만 통찰력과 근면성으로 만든 놀랍고도 복잡한 제작물이 파괴된 열등한 생명체의 끈기를 가지고 나는 혼란과 당황의 순간이 지난 후에 전부 다시 처음부터 시작하게 될 것이었고, 어쩌면 이번에는 좀 더 수월해질지도 모를 일이었지……

그러나 그사이에 소방대가 도착했어. 그들이 들고 온 횃불이 잔해 위로 붉은 불빛을 던지고 있었지. 그리고 내가 짐칸을 살펴보기 위해 앞쪽으로 갔을 때, 짐칸은 거의 부서지지 않았고, 가방들도 손상된 곳이 없다는 것이 드러났어. 그곳에 흩어져 있던 물건들은 화물칸에서 나온 것들이었지. 그것들은 무수한 제본 끈 뭉치였는데, 바닥을 멀리까지 뒤덮어 제본 끈 덩어리의 바다를 이루고 있었어,

그때 나는 마음이 가벼워져서 거기 서 있는 사람들 사이로 끼어들었어. 그들은 잡담을 나누며 그들이 당한 사고를 계기로 서로 친해지기도 하고, 허풍을 떨며 뽐내기도 했어. 확실해 보인 것은, 기관사가 성실하게 처신하여 마지막 순간에 비상 브

레이크를 잡아당김으로써 큰 불행을 피할 수 있었다는 사실이
야. 그렇지 않았으면 기차는 전반적으로 손풍금처럼 찌그러졌
을 것이고, 꽤 높은 경사면 왼쪽으로 곤두박질쳤을 것이라고
사람들이 말했지. 칭송받을 만한 기관사였어! 그는 보이지 않
았어. 아무도 그를 보지 못했지. 그러나 그의 명성은 기차 전체
로 퍼져 나갔고, 우리는 모두 그가 없는 곳에서 그를 칭찬했어.
"그 남자가", 한 신사가 말하면서 손으로 밤 속 어딘가를 가리
켰어. "그 남자가 우리 모두를 구했소." 그리고 모두 그의 말에
고개를 끄덕였지.

그러나 우리가 탔던 기차는 서 있지 말아야 할 선로에 서 있
었고, 그렇기 때문에 다른 기차가 뒤를 들이받지 않도록 후방
을 안전하게 지키는 일이 중요했어. 그래서 소방대원들이 횃불
을 들고 마지막 열차 위에 도열해 섰고, 또 다른 흥분한 젊은 남
자가, 그는 여자 장화를 신고 있었기 때문에 나를 아주 불안하
게 만들었는데, 횃불을 잡고 아래위로 흔들며 신호를 보냈어.
멀리서도 기차는 보이지 않았지만.

차츰차츰 질서 같은 것이 잡혀가고, 국가가, 우리의 아버지
가 다시 침착성과 체면을 찾았어. 사람들이 전보를 치고 모든
수단을 다 해서, 레겐스부르크에서 구조 열차 한 대가 증기를
뿜으며 조심스럽게 역 구내로 들어왔고, 반사경이 달린 대형 가
스등 장치가 폐허가 된 자리에 설치되었어. 우리 승객들은 소개

(疏開)되어 작은 역사(驛舍) 안에서 후속 수송을 기다리라는 지시를 받았어. 우리는 손에 짐을 들고, 더러는 머리에 붕대를 감은 채로 호기심 많은 지역 주민의 행렬 사이로 난 길을 지나서 대합실로 들어갔고, 그곳에서 되는대로 빽빽하게 끼어 앉았어. 그리고 다시 한 시간 뒤에는 모두가 한 대의 임시 열차 안에 되는 대로 짐짝처럼 실려 있었지.

나는 일등칸 차표를 가지고 있었지 (다른 사람이 내 여행 경비를 지불했기 때문이야). 그러나 그것은 아무런 도움이 되지 않았어. 누구나 일등칸을 선호했기 때문에, 이 칸은 다른 칸보다 사람들이 더 많았어. 그래도, 막 내 자리를 찾은 순간, 내 건너편에 비스듬히 누구를 알아봤겠는가? 한구석에 떠밀려 있던 그 사람. 각반을 차고 기사의 표현을 쓰는 대장부, 나의 영웅을 봤던 거야. 그는 개를 데리고 있지 않았어. 사람들이 그에게서 개를 빼앗았고, 그 개는 대장부의 권리에 반하여, 증기기관 바로 뒤에 있는 어두컴컴한 감옥 안에 앉아 짖고 있었어. 그 신사도 노란색 승차권을 소지하고 있었으나, 그에게 아무런 도움도 되지 않았어. 그는 투덜거리며 공산주의에 반항하려고 시도했고, 불행의 위엄 앞에서 일어난 위대한 평준화에 반항해 보려고 했어. 그러나 한 남자가 우직한 목소리로 그에게 말했어. "당신이 앉아 있다는 것을 기뻐하소!" 그러자 그 신사는 쓴웃음을 지으며 그 믿을 수 없는 처지에 몸을 맡겼지.

두 명의 소방대원의 부축을 받고 들어온 사람이 누구던가? 해진 만틸라를 쓴 키 작은 노파, 뮌헨에서 하마터면 이등칸에 올라탈 뻔했던 바로 그 여인이었어. "여기가 일등칸인가요?" 그녀가 반복해서 물었어. "여기가 정말 일등칸이 맞아요?" 사람들이 그렇다고 하고 자리를 내주자, 그녀는 "고마워라!" 말하며 그제야 비로소 구출되었다는 듯이 플러시 방석 위에 털썩 주저앉았어.

역 구내의 뜰에서는 다섯 시가 되었고 밝았어. 그곳에서 아침 식사가 제공되었어. 그리고 그곳에서 급행열차 한 대가 나를 태우고, 나와 내 짐을 3시간 연착하여 드레스덴으로 데려다주었지,

자, 이것이 내가 겪은 열차 사고야. 한 번쯤 그런 일이 일어날 만하지. 그리고 비록 논리학자들은 이의를 제기하겠지만, 나는 이제 그와 똑같은 일을 금방 다시 당하지 않을 만큼 좋은 기회를 가졌다고 생각해.

# 야페와 도 에스코바르가 치고받은 사연

야페와 도 에스코바르가 붙어서 싸움을 한판 벌이기로 되어 있는데, 우리 같이 구경하러 가보자는 조니 비숍의 말에 나는 가히 충격을 받았다.

우리는 여름방학을 맞아 트라베뮌데에서 지내는 중이었다. 이날은 날씨가 찌는 듯이 무더웠는데 미적지근한 바람이 육지 쪽에서 불어왔고, 얕은 바다는 해안선으로부터 멀리 물러나 있었다. 우리는 아마 사십여 분 동안 바다에서 해수욕한 후에, 반반하게 다진 모래톱 위의 해수욕장 들보와 널빤지 설치대 아래쪽에 누워 있었고, 선주 아들 위르겐 브라트슈트룀이 함께 있었다. 조니와 브라트슈트룀은 완전히 벌거벗은 채로 모래사장 위에 등을 대고 누워 있었으나, 나는 목욕 수건으로 엉덩이를 감은 채 있는 게 더 편했다. 브라트슈트룀이 내게 왜 그렇게 수건을 두르고 있냐고 물었다. 내가 딱히 뭐라고 대답해야 할지 몰라서 머뭇거리고 있으니 조니가 특유의 매력적이고 부드러운 미소를 지으며 말했다. 벌거벗고 누워 있기에는 어쩌면 내가 이미 너무 커버린 것 같다고. 실제로 내가 조니와 브라트슈트뢲보다 키가 더 컸고, 몸집도 더 좋았을뿐더러, 아마 나이도 몇 살 더 위니까 열세 살쯤이었을 것이다. 조니의 해명이 내 마음을 약간 상하게 하는 데가 있었지만, 그래도 나는 그의 설명을 별말 없이 받아들였다. 왜냐하면 조니는 자태가 작고 고운데 신체적으로 어린애 같은 모습이 아주 두드러져서, 이보다 못한 모습의 사람이 그와 함께 있으면 약간 우스꽝스러운 인상을 풍기기 십상이었다. 그러면 조니는 귀엽고 푸른 데다, 소녀처럼 친근하면서도 조롱하는 미소를 머금은 눈으로 상대방을 올려다볼 수 있었다. 그 시선은 마치, '뭐야, 넌 허우대만 멀쩡한 양아치잖아!'라고 말하려는 듯한 인상을 풍겼다. 남성성을 이상적으로 구현하는 형상, 그리고 긴 바지를 완벽하게 잘 갖춰 입는 일 따위는 그와 가까운 곳에서 사라지고 없었다. 게다가 당시는 전쟁이 끝난 지 얼마 안 된 상황이었던 만큼, 강한 힘과 용기, 온갖 거친 덕성이 우리 같은 청소년들 사이에서 아주 높이 평가되어서, 웬만한 것들은 모두 패기 없이 나약하다고 치부되던 때에 그러했다. 하지만 조니는 외국인, 혹은 절반의 외국인으로서 이런 시대 분위기의 영향을 받지 않았을뿐더러, 오히려 뭔가 여자 같은 데가 있었다. 말하자면 자신의 상태를 잘 보존하면서, 그렇게 못하는 다른 사람들을 놀려대는 여자 같았다.

또한 그는 우리 시에서 세련되고 아주 고상하게 차려입은 소년으로서 압도적인 존재이기도 했다. 더 자세히 말하면, 그가 진짜 영국식 해병 복장을 갖추어 입고 있었는데, 옷에는 푸른 아마포 칼라, 선원용 로프 매듭, 장식끈이 부착되었고, 가슴주머니에는 은색 파이프 모형이 꽂혔으며, 또 윗부분에서 불룩하다가 손목뼈 부분에서 좁아지는 소매 위에는 닻 장식이 돋보였다. 이런 식의 옷차림을 다른 아이들이 했더라면, 누구든 너무 허세를 부린다고 놀림 받으며 곤욕을 치렀을 것이다. 그런데 그는 아주 기품 있고 자연스럽게 이런 옷차림을 하여서 전혀 이상해 보이지 않았고, 어떤 곤란도 겪은 적이 없었다.

조니가 누워 있는 모습은 작고 가냘픈 아모르처럼 보였다. 그는 팔을 올린 채, 살짝 곱슬곱슬하고 갸름한 영국인 특유의 귀여운 금발 머리를 가느다란 두 손에 놓아두고 있었다. 그의 아버지는 독일 출신의 사업가였는데, 영국에 귀화하였다가 수년 전에 사망하여 없었다. 하지만 그의 어머니는 영국인 혈통이었고, 온화하며 조용한 성품에다 얼굴이 갸름한 숙녀로서 자신의 아이들—조니와 역시 귀여우면서도 약간 악의가 내비치는 어린 딸—을 데리고 우리 시에 정주하였었다. 그녀는 여전히 검은색 옷차림으로만 다님으로써 남편의 죽음에 꾸준히 애도를 드러냈다. 그녀가 아이들을 독일에서 성장하게 한 것도 어쩌면 남편의 마지막 유지를 받드는 일이었을 것이다. 경제적으로 그

녀가 안락한 수준을 유지하고 있었던 것은 분명했다. 시 외곽
에 넓은 주택을 소유하고 있었고, 바닷가에는 별장도 한 채 있
었을뿐더러, 가끔씩 조니와 시시를 데리고 타지의 온천장을 찾
아 여행을 떠나곤 했다. 사교 모임이 그녀에게 열려 있었겠으
나, 그녀는 그런 모임을 찾지 않았다. 오히려 작고한 남편을 애
도하기 위해서든, 아니면 우리 시에서 영향력이 있는 가문들의
정신적인 시야가 너무 좁다고 느꼈기 때문이었든, 개인적으로
세상과는 크게 거리를 두고 생활하며 지냈다. 하지만 아이들을
집에 초대하여 모두 함께 어울려 놀 수 있게 하여, 예컨대 사교
댄스 수업과 예절 수업 등에 조니와 시시가 참여할 수 있는 기
회를 마련하여 자신의 아이들이 다른 아이들과 잘 사귀면서 지
낼 수 있도록 했다. 그녀는 이런 사귐을 직접 참견하지 않았으
나, 조용하고 신중하게 감독하였다. 가령 조니와 시시가 오직
부잣집 아이들만 사귀도록 했다. — 물론 어떤 철저한 원칙 때
문은 아니었지만, 그냥 현실적인 사실에 따라 그렇게 했다. 어
떤 의미에서는 비숍 부인이 나의 예절 교육에 어느 정도 기여
한 바가 있었다. 그녀가 내게 이것을, 즉 다른 사람들로부터 존
중받기 위해서는 스스로 자신을 소중하게 잘 관리만 하면 된다
는 점을 가르쳐주었기 때문이다. 남자 가장을 잃어버렸으나, 이
작은 가족은 그저 되는 대로 사는 모습이나 몰락의 흔적이라곤
전혀 보이지 않았다. 보통 그런 상황에서 나타나는 이런 흔적

들은 시민사회의 불신을 불러일으키기 마련이다. 다른 친척들도 없고, 사회적 칭호, 대대로 내려오는 전통, 영향력, 공식적인 지위도 없었으나, 그녀가 살던 방식은 일반적인 경우와 동떨어져 있으면서도, 동시에 꽤 수준이 높았다. 더 정확히 말해, 그녀의 수준이 너무나 분명하고 확실했기 때문에 사람들은 매번 암묵적으로 두말없이 그녀를 따랐을뿐더러, 그녀의 아이들이 다른 사내아이들이나 여자아이들 사이에서 친구로 지내는 일이 아주 높이 평가될 정도였다. — 여기서 위르겐 브라트슈트룀의 경우를 잠시 덧붙이자면, 집안에서 그의 아버지가 처음으로 부를 축적하며 공직에 올랐었고, 옛 성터 지역에 가족과 함께 살 붉은 사암석 저택을 지었었는데, 그 집이 비숍 부인의 집 이웃에 있었다. 이렇게 하여 위르겐이 비숍 부인의 차분한 허락하에 조니와 정원에서 함께 노는 친구이자 학교에도 같이 가는 아이가 되었던 것이다. — 사실 그는 친절하나 활기도 없고, 수족은 짤막한데, 크게 두드러진 성격상의 특징도 없는 사내아이였다. 그는 당시에 벌써 감초 젤리를 가끔씩 몰래 팔곤 했다.

앞서 언급한 바와 같이, 나는 야페와 도 에스코바르의 결투가 예정되어 있다는 조니의 전달에 엄청 크게 충격을 받았다. 문제의 싸움은 이날 열두 시에 로이히텐펠트 공터에서 서로 한 치의 양보도 없이 승부가 날 때까지 벌어지게 된다고 했다. 이런 싸움은 끔찍할 수밖에 없었다. 왜냐하면 야페와 에스코바르

는 기사처럼 명예심이 가득 찬 강하고 용감한 사내들이어서 적
개심을 품고 서로 충돌하면, 분명 두려움을 야기할 수 있었다.
이들은 나이가 열다섯 살을 넘지 않았을 터였지만, 내 기억 속
에는 당시와 마찬가지로 지금도 여전히 크고 남자다운 모습으
로 남아있다. 야페는 우리 시의 중산층 출신이었다. 그래서 부
모로부터 관심 어린 감독을 덜 받는 편이었고, 사실상 이미 우
리가 당시에 (부랑자라는 의미로) "도살자(Butscher)"라고 부르
던 존재나 다름없었다. 물론 이런 호칭에는 자유롭고 사내답다
는 뉘앙스가 섞여 있기는 했다. 도 에스코바르는 천성이 자유
분방하고 이국적인 타지 출신이었다. 학교에는 규칙적으로 출
석하기는커녕 그저 청강이나 하며 방청하는 수준이었거니와,
(무질서하지만 천국 같은 삶!) ― 어떤 평범한 시민 가정에서 하
숙하면서, 완전히 독립된 삶을 누리고 있었다. 이 둘은 모두 밤
늦게 잠자리에 들고, 요릿집을 드나들며, 저녁이면 시내 중심
가의 브라이테 슈트라세에서 어슬렁거리는가 하면, 아가씨들
의 꽁무니를 쫓아다니거나, 물불 가리지 않고 모험에 뛰어들던,
한마디로 말해, 꽤 놀 줄 아는 바람둥이들이었다. 트라베뮌데에
서 이들은 휴양 호텔에 묵고 있지 않았고, ― 그런 호텔에 묵을
만한 형편도 아니었으려니와 ― 저 작은 도시의 어디에선가 숙
박을 해결하고 있었는데, 그럼에도 주로 도시 외곽의 휴양 공원
에서 사교계 사람들처럼 지내고 있었다. 내가 저녁마다, 더 정

확히 말하면, 일요일 저녁마다, 스위스식 목조 리조트들에 있는 숙소의 침대에 일찌감치 누워 있다가, 휴양소 고객들을 위한 음악 연주 소리를 들으며 평화롭게 잠들어 있을 때, 저들이 무슨 일을 벌이고 있는지 나는 알고 있었다. 저들은 같이 어울리는 청소년 그룹의 일원들과 함께 휴양객과 소풍객의 물결에 적극 합류하여 다과점의 긴 천막지붕 앞에서 이리저리 거닐면서, 성인들이 즐길 거리가 어디에 있을지 찾아다녔고, 또 그런 것을 찾아냈다. 그러던 중에 둘이 서로 맞부딪히게 되었던 것이다. ─ 어쩌다가, 그리고 무슨 이유에서 그렇게 되었는지는 누가 알겠는가. 아마 저들은 그냥 각자 어슬렁거리며 지나가던 길에 서로 어깨를 부딪치게 되자, 명예심에 사로잡혀 그 상황을 제대로 싸워야 할 사태로 만들었을 수도 있다. 물론 조니는 나와 마찬가지로 오래전에 잠자리에 들어갔었고, 그저 남들이 하는 소리만 듣고 두 사람의 불화를 알게 되었을 것이지만, 아주 듣기 좋고 살짝 흐릿한 어린아이 목소리로 자기 생각을 말했다. 아마도 어떤 "여자애"가 문제였을 거라는 소리였다. 이것은 야페와 도 에스코바르의 대담하게 조숙했던 면모에 견주어 보면 어렵지 않게 짐작될 수 있었다. 요컨대, 이들은 사람들이 보는 가운데 긴말을 하기보다는, 오히려 증인들 앞에서 간략하고 단호한 어조로 명예를 위한 거사를 치를 장소와 시간을 정해버렸던 것이다. 내일 열두 시, 로이히텐펠트 공터의 어디 어디에

서 보자, 잘 가라! 이때 함부르크에서 온 발레 선생 크나크 역
시, 말하자면 쾌락의 마이스터(Maître de plaisir)이자 휴양소의 사
교 무도회 담당자도 현장에 있었거니와, 다음날 싸움터에 나오
겠노라고 약속해 주었다.

　조니는 문제의 싸움에 대해 엄청나게 기뻐했다. 조니나 브
라트슈트룀은 내가 느꼈던 불안을 전혀 공감하지 못했다. 조니
는 그의 매력적인 말투대로 r 발음을 구강의 매우 앞쪽 부분에
서 만들어내면서, 거듭하여 단언했다. 저 둘이 정말로 진지한
각오로 철천지원수가 되어 서로 한판 붙어서 싸우게 될 거라고.
그러고 나서 그는 즐겁고 약간 조소에 찬 냉정함을 드러내며,
누가 이기게 될지를 이리저리 가늠해 보았다. 야폐와 도 에스
코바르는 둘 다 힘이 진짜 세고, 하아, 정말 둘 다 인정사정없는
양아치들이라고. 걔들이 둘 중에서 누가 가장 난폭한 놈인지를
언젠가 한 번 그렇게 진지하게 결판낼 것이리라는 점은 재미있
다고. 조니가 생각해 보니, 야폐의 넓은 가슴과 꽤 탄탄한 팔다
리 근육을 매일 수영할 때마다 볼 수 있었다. 하지만 도 에스코
바르 역시 힘줄이 어마어마한 데다, 성질이 사납기 때문에 누
가 더 우세할지를 예측하기는 어렵다고도 했다. 이처럼 조니가
야폐와 도 에스코바르의 싸움꾼의 자질에 대해 너무나 자신감
있게 자기 생각을 밝히는 소리를 듣고, 그러면서 이때 어린아이
의 팔 같은 그 자신의 두 팔을 바라보게 되는 것은 아주 진기한

일이었다. 그런 두 팔로 그는 결코 누군가를 한 대쯤 칠 수 없었을뿐더러, 방어도 못 해냈을 것이다. 나 자신으로 말할 것 같으면, 일단 문제의 싸움을 구경하러 가지 않을 생각은 전혀 없었다. 그런 생각은 어처구니없는 짓이 되었을 테고, 그게 아니더라도 곧 벌어질 싸움이 엄청나게 내 관심을 끌었다. 기왕에 싸움에 대해 들어서 알게 되었으니 내가 무조건 싸움터로 가서 모든 사건을 직접 지켜보는 것은 당연했다. — 이것은 일종의 의무감이었다. 그러나 다른 한편, 이런 느낌은 썩 내키지 않는 감정들과 격하게 갈등을 일으키기도 했다. 원래 호전적이지도 않고, 그다지 대담하지도 않던 내가 사내다운 격투의 현장에 직접 가서 보는 일에 아주 꺼림직하고 창피한 감정도 있었다. 한 치의 양보도 없는, 말하자면 목숨을 건 맹렬한 싸움을 관전하는 일이 내 마음속에서 불러일으킬, 또 벌써 지레 느껴지는 신경쇠약 수준의 충격도 있었다. 그것은 내가 현장에서 함께 얽힌 일은 함께 책임져야 한다는 의미에서, 나 자신이 직접 싸움에 나서야 한다는 부추김을 받게 될지도 모른다는, 어쩌면 단순하고 비겁한 두려움이기도 했다. 이런 부추김은 나의 가장 깊은 본성에 완전히 어긋나는 것이었다. — 이렇게 나 자신 역시 당당하고 멋진 사내임을 증명해 보여야 한다는 충동질에 휩쓸리며 강제로 싸움에 참여하게 되지 않을까, 하는 두려움이 있었거니와, 이런 식의 증명을 나는 그 어떤 일보다 혐오했다. 그러나 다른 한편, 나는 야페와 도 에스코바르의 입장이 되어보는 생각을 멈출 수 없었고, 내가 이들의 입장에서 전제했던 초조한 감정들을 내심 느껴보지 않을 수 없었다. 나는 휴양 공원에서 일어날 모욕과 도발을 상상해 보았다. 그리고 이들의 입장에서 주먹을 움켜쥐고 곧바로 몸을 날려 덤벼들고 싶은 갈망을 일단 세련된 배려심으로 억눌렀다. 이들이 격노하며 품었을 정의의 열정, 혐오, 그리고 꺼질 듯 타오르는 데다 머리가 찢어질 듯한 증오를 시험해 보았으며, 이들이 전날 밤에 줄곧 느꼈을 극도의 조급함과 보복심의 발작을 체험해 보았다. 이렇게 최고조의 흥분 상태에서, 어떠한 것도 두려워하지 않는 감정에 휩쓸려서, 나는 나와 마찬가지로 인간성을 다 벗어던진 적과 물불을 가리지 않고 피 터지는 싸움을 마음속으로 벌였다. 그의 증오스러운 주둥이에 내가 가진 모든 힘을 모아 주먹을 날려서 이빨이 몽땅 부러지도록 했고, 이에 대한 대가로 복부에 잔혹한 발길질을 당하여 붉은 피의 물결 속으로 쓰러졌다. 그러고 나서 어느 순간 신경이 진정되고 얼음찜질을 받는 상황에서, 식구들이 부드러운 목소리로 나무라는 소리를 들으며 침대에서 깨어났다…… 약설하고, 열한 시 삼십 분이 되어 우리가 옷을 입기 위해 몸을 일으켰을 때, 나는 흥분 때문에 거의 반쯤 지친 상태였다. 그리고 탈의실에서도 그랬지만, 이후에 옷을 모두 갖춰 입고 해수욕장을 떠날 때도 마치 나 자신이 많은 사람들 앞에서 여러 어려운 조건하에서 야페, 혹은 도 에스코바르와 한판 붙어서 싸워야 하는 것처럼 내 심장은 그렇게 마구 쿵쾅거렸다.

해안에서 해수욕장 쪽으로 비스듬히 올라가며 놓인 채 흔들리는 목재 다리를 우리 셋이서 어떻게 내려갔는지, 나는 아직도 정확히 알고 있다. 당연히 우리는 껑충껑충 뛰며 다리를 최대한 흔들어서, 마치 트램펄린을 밟고 튀어 오르는 듯이 속도를 내어 내려갔다. 하지만 아래쪽에 이르러서는, 파빌리온과 해변용 바구니형 의자들 사이를 지나 해변 쪽으로 이어진 널빤지 보도를 따라가지 않고, 오히려 육지 쪽 코스를 택하여 대략 휴양소 방향으로 들어서며 훨씬 더 왼쪽 길로 걸어갔다. 모래언덕 위에 태양이 뜨겁게 내리쬐고 있어서, 마른 풀이 듬성듬성 드러난 지면으로부터, 그러니까 우리의 다리를 찔러대는 해변 엉겅퀴와 골풀들로부터, 건조하고 뜨거운 흙 내음이 올라오게 했다. 금속처럼 반짝이는 푸른빛의 파리들이 끊임없이 윙윙거리는 소음 외에는 아무 소리도 들리지 않았다. 파리들은 짓누르는 열기 속에서 마치 움직이지 않는 듯하더니, 갑자기 자리를 바꾸는가 하면, 또 다른 위치에서 다시 날카롭고 단조로운 노래를 이어갔다. 몸을 식혀주던 해수욕의 효과는 이미 오래전에 사라지고 없었다. 브라트슈트룀과 나는 번갈아 가며 우리가 쓰고 있던 모자를 살짝 들어 올렸다. — 그는 방수포 소재에다 챙이 튀어나온 스웨덴식 선원 모자를, 나는 이른바 탐오셴터(Tam-o-shanter)

라고 불리는 헬고란트식 둥근 모직 모자를 — 들썩이며 땀을 식혔다. 조니는 더위를 그다지 타지 않았다. 그것은 그의 마른 체구 덕분이었겠으나, 무엇보다 그가 우리보다 더 여름 날씨에 걸맞은 옷을 입고 있었기 때문이기도 했을 것이다. 목과 장딴지를 드러낸 가볍고 편안한 줄무늬 리넨 해병 복장에다, 잘생긴 작은 머리 위에는 영어 문구가 적힌 데다 짧은 끈이 달린 푸른색 모자를 썼으며, 길쭉하고 볼이 좁은 두 발에 굽이 거의 없는 세련된 흰 가죽 로퍼를 신은 채, 그는 성큼성큼 오르는 발걸음으로 무릎을 약간 굽히면서 브라트슈트룀과 나 사이에서 걸었다. 그러면서 당시에 유행하던 길거리 노래 '너, 귀여운 어부 아가씨'를 우아한 억양으로 불렀는데, 조숙한 청소년들이 외설적으로 변형시켜 만들어낸 방식으로 불렀다. 이런 게 조니였던 것이다. 그는 아이처럼 천진난만한 데가 많았으나 이미 갖가지 일들을 알고 있었고, 이런 것을 입에 올리는 데에 전혀 거리낌이 없었다. 그러더니 또 그가 슬쩍 위선적인 표정을 지으며 말했다. "쳇, 대체 누가 이렇게 못된 노래를 부를까!" 그리고 이 말과 함께 그는 마치 우리가 저 귀여운 어부 아가씨에게 그렇게 야한 농담을 했었던 것처럼 엉뚱하게 행동했다.

운명을 가를 장소이자 집합 지점에 우리가 벌써 가까워진 만큼, 나는 노래 부를 기분이 전혀 아니었다. 모래언덕의 날카로운 풀들은 모래 섞인 이끼로, 척박한 목초지 바닥으로 바뀌어 있었다. 우리가 걷고 있던 곳은 로이히텐펠트였는데, 이 명칭은 아주 멀리 왼쪽에 솟아있는 노란색의 둥근 등대탑[01] 때문에 붙여진 것이었다. — 어느덧 우리는 이곳에 도착하여 목적지에 와 있었다.

이곳은 사람들이 거의 다닌 적이 없는 따뜻하고 평화스러운 장소였고, 초장의 관목 덤불 때문에 시야가 가려져 있었다. 그리고 덤불 안쪽의 넓게 트인 공간에는 한 무리의 젊은이들이 마치 살아있는 차단 횡목처럼 자리를 잡고 앉아서 진을 치고 있었는데, 거의 모두가 우리보다 나이가 많고 다양한 사회계층 출신이었다. 보아하니 우리가 마지막으로 도착한 관중들인 것이 분명했다. 중립적인 심판자로서 싸움을 지켜보기로 했던 발레 선생 크나크만 아직 오지 않고 있었다. 그러나 야페와 도 에스코바는 모두 현장에 대기 중이었다. — 나는 이 둘을 곧바로 발견했다. 이들은 모여 있던 무리 속에서 서로 멀리 떨어져 앉아, 서로를 보지 않는 척했다. 우리는 말없이 고개를 끄덕이며 몇몇 아는 이들에게 인사를 건넨 후, 허벅지를 움츠린 채 따뜻한 땅바닥에 자리를 잡고 앉았다.

여기저기서 담배를 피웠다. 야페와 도 에스코바도 입가에

---

01  독일어로는 '빛, 등대(Leucht)' + '탑(Turm)'의 합성어 '로이히트투름
(Leuchtturm)'. 그리고 '로이히텐펠트'에서 '펠트(Feld)'는 '들판, 벌판,
탁 트이고 넓은 지역'의 의미.

담배를 물고 있었는데, 담배 연기로 인해 눈을 깜박거리다가 각기 한쪽 눈을 감았다. 이들은 웅대함을 느끼는 감정이 없지 않음이 역력했다. 웅대함은 서로 한판 붙기 전에 이렇게 앉아서 전혀 아무렇지도 않게 담배를 피우고 있다는 데에 있었다. 둘 다 확실히 남자들 복장에 맞게 옷을 차려입고 있었으나, 도 에스코바가 야페보다 훨씬 더 세련되게 남자다운 차림이었다. 그는 연회색의 여름 양복에 매우 뾰쪽한 노란 구두를 신었으며, 커프스가 달린 핑크색 셔츠에 화려한 실크넥타이를 매었고, 테두리가 좁은 둥근 밀짚모자를 쓰고 있었다. 이때 모자가 척추까지 뒤로 젖혀 있어서, 그 밑으로는 검은 윤기가 나도록 포마드를 바른 빽빽하고 단단한 머리가 솟아오른 부분이 내보였는데, 가르마를 탄 머리카락이 이마 위에서 그곳까지 옆으로 빗어 올려 있었다. 그는 가끔씩 오른손을 올려 흔들어서, 차고 있던 은 팔찌를 커프스 안으로 되돌려놓곤 했다. 야페는 상대방보다 현저히 별 볼 일 없어 보였다. 그의 두 다리는 상의와 조끼보다 더 밝은색의 꽉 끼는 바지에 끼워져 있었고, 바지는 광택을 낸 검은 장화 안에서 끈으로 단단히 고정되어 있었다. 또한 금발의 곱슬머리를 덮고 있는 체크무늬 운동모자를 그는 도 에스코바와는 반대로 이마 깊숙이 눌러쓰고 있었다. 그리고 웅크린 자세에서 두 팔로 무릎을 감싸고 있었는데, 이때 우선 그가 셔츠 소매 위에 커프스를 풀어놓았다는 점이, 그리고 깍지 긴 손가락의 손톱들이 너무 짧게 깎여있다거나, 아니면 그에게 손톱을 물어뜯는 나쁜 습관이 있다는 점이 드러났다. 덧붙여 소개하자면, 저마다 민첩하고 독자적인 태도로 담배를 피우고 있었음에도 불구하고 무리 안의 분위기는 진지했으며, 심지어 긴장 속의 어색함이 완연했고 말소리가 거의 없었다. 이런 분위기를 거스르는 자는 사실 도 에스코바르뿐이었다. 그는 혀를 휘감아 내는 r 발음으로 자기 주변을 향해 끊임없이 크고 쉰 목소리로 말했고, 그러면서 담배 연기를 코로 내뿜었다. 나는 거칠게 떠들어대는 그의 목소리가 거슬렸거니와, 손톱은 너무 볼품없이 짧기는 했어도 야페 쪽으로 마음이 기우는 것을 느꼈다. 야페는 자기 가까이에 있던 이들에게 어깨 너머로 가끔씩 말 한마디조차 건네는 일이 거의 없었으며, 덧붙이자면, 겉보기에는 완전히 침착하게 자신이 피던 담배의 연기가 날아가는 것을 바라보고 있었다.

그러자 크나크 씨가 왔다. — 그가 푸르스름하게 줄무늬가 있는 플란넬 원단의 모닝코트를 차려입고 경쾌한 걸음걸이로 휴양소 쪽에서 다가오는 모습, 그리고 우리가 모여 있던 곳의 바깥에서 밀짚모자를 살짝 들어 올리며 걸음을 멈추는 모습이 지금도 내 눈에 선하다. 나는 그가 기꺼운 마음으로 왔다고는 생각하지 않고, 오히려 시큼한 사과를 깨무는 꺼림직한 기분으로 한판 치고받는 싸움에 참석했다고 확신한다. 그는 그의 지위로 인해, 말하자면 호전적이고 유별나게 남성적인 성향을 지닌 청소년들에 대한 그의 간단치 않은 관계로 인해, 어쩔 수 없이 참석하게 되었을 것이다. 갈색 피부에 예쁘고 살이 찐 (특히 엉덩이 부분에 살이 풍성했는데) 그는 동절기에 일종의 사적인 가족 모임 내에서뿐만 아니라 공적으로 카지노에서도 댄스와 예절 수업을 진행했으며, 여름에는 트라베뮌데 휴양소 내의 축제 기획자이자 해수욕장 관리자의 직책을 수행했다. 그는 자만에 찬 두 눈, 물결치듯 흔들거리는 걸음걸이, 그 와중에 발끝을 상당히 바깥쪽으로 향한 채 신중하게 바닥에 대고 나서야 비로소 나머지 발 부분을 내리는 모습, 또한 잘난 체하는 학습된 말투, 무대에서처럼 자신감이 가득한 모습의 등장, 말도 안 되게 과시적으로 드러내는 세련된 태도 등으로 여자들을 매료시켰다. 반면에, 남자들의 세계, 특히 비판적인 사춘기 청소년들은 그에게 회의적이었다. 나는 살아가면서 자주 프랑수아 크나크의 위치에 대해 곰곰이 생각해 보았는데, 그것은 늘 기묘하고 환상적이라고 여겨졌다. 서민 집안에서 태어났던 만큼, 그는 최고의 생활양식을 익혀서 그야말로 공중에 떠다녔으며, 사교계에 속하지도 않았으면서 그곳에서 이상화된 예절의 수호자이자 강사로 떠받들어지면서 수입을 챙겼다. 야페와 도 에스코바 또한 그의 학생이었다. 이들은 조니와 브라트슈트룀, 또 나처럼 개인지도를 받은 것이 아니라, 카지노에서 일반 공개수업을 받았다. 바로 이곳에서 크나크 씨의 존재와 본질적인 특성이 청소년들로부터 가장 날카롭게 폄하되었다 (우리 개인교습의 분위기는 더 온화했던 것이다). 어린 소녀와 우아하게 교제하는 방법을 가르치는 사내, 코르셋을 입고 다닌다는 반박되지 않은 소문이 따라다니던 사내, 또 손가락 끝으로 자신의 프록코트 가장자리를 잡을 뿐만 아니라, 공손하게 살짝 절을 하거니와, 엉뚱한 동작을 하고, 불시에 공중으로 뛰어오르는가 하면, 그 자세에서 발을 가볍게 연속으로 떨다가, 마침내 탄력 있게 다시 마룻바닥으로 툭 떨어지는 사내, 이런 자가 과연 사내였을까? 이것은 크나크 씨의 인격과 삶에 부담이 되는 의혹이었으며, 바로 그의 과도한 확신과 우월감이 이러한 의혹을 더욱 부추겼다. 그의 나이는 주변의 청소년들보다 상당히 앞서 있었고, 그가 함부르크에 (웃기는 상상인데!) 아내와 아이들을 두고 있다는 말이 돌았다. 이처럼 성인으로서 그의 신분, 그리고 늘 댄스홀에서만 그와 마주치게 되는 상황은 그의 정체가 밝혀지고 폭로되는 일을 막았다. 그가 몸을 날렵하게 움직이는 체조를 할 수 있었을까? 그런 것을 할 수 있었던 적이 있기는 했을까? 그에게 용기가 있었을까? 기운은 있었을까? 간단히 말해, 그가 존경받을 만한 사람이라고 평가될 수 있었을까? 그는 자신이 존중받을 만한 인물이 되기 위해서는 그의 살롱 예술에 균형을 맞춰 줄 더 견고한 특성들을 입증해야 했지만, 그렇게 할 상황이 아니었다. 그런데 이리저리 돌아다니면서 직설적으로 그를 원숭이이자 겁쟁이라고 불렀던 사내아이들이 있었다. 아마도 그는 그런 사실을 알고 있었을 터였고, 그래서 이날 싸움터에 나왔던 것이다. 제대로 된 한판 싸움에 대해 자신의 관심을 표명하여 청년들과 친구로 지내볼 요량이었지만, 원래는 해수욕장 관리자로서 명예를 둘러싼 위법적인 다툼을 허용해서는 안 되었다. 그리고 내가 확신하건대, 그는 이 싸움에서 자신이 맡은 일에 마음이 편치 않았고, 얼음판 위에 들어선 듯이 매우 위태로운 상황에 빠졌음을 분명히 의식하고 있었다. 여러 사람이 눈으로 차갑게 그를 살펴보았으며, 그 자신은 또 사람들이 오는지 불안하게 주위를 둘러보았다.

그는 본인이 늦게 도착한 것에 정중히 사과했다. 토요일에 열릴 사교 무도회 건으로 휴양소 사무국과 상의하느라 늦었다고 했다. 이어서 단호한 어조로, "결투자들은 준비되었나?"라고 물었다. "그럼 시작할 수 있겠군." 들고 있는 지팡이에 몸을 기대고 두 발을 교차시킨 채, 그가 우리 무리의 바깥에 서서, 자신의 부드러운 갈색 콧수염을 아랫입술로 잡으며 엄숙한 전문가의 시선을 띠어보았다.

야페와 도 에스코바가 일어나 담배를 내던지고 싸울 태세를 갖추기 시작했다. 도 에스코바는 감탄을 불러일으킬 만큼 빠르게 준비했다. 그는 걸치고 있던 모자와 재킷과 조끼를 바닥에 내던지더니, 또 넥타이와 목깃 그리고 멜빵을 풀어 다른 것들에다 함께 던졌다. 그런 다음 심지어 핑크색 커프스 셔츠까지 바지에서 끄집어내어, 민첩하게 소매를 벗어내고, 희고 붉은 줄무늬의 러닝셔츠 차림으로 버텨 섰다. 그런 차림은 벌써 검은 털로 덮인 그의 누런 팔을 위쪽 팔 부분의 중간에서부터 드러내고 있었다. "어디 덤벼보시지, 신사양반?" 그가 거칠게 쇳소리가 나는 r 발음으로 말하고, 재빨리 공터 한가운데로 걸어 들어와, 당당한 가슴으로 어깨를 관절에 맞추어 폈다…… 은팔찌는 빼놓지 않은 채 차고 있었다.

아직 준비가 끝나지 않은 야페가 그에게 고개를 돌렸다. 눈썹을 치켜올린 채, 그는 눈꺼풀을 반쯤 내리깔고 잠시 적의 발등을 바라보았는데, 마치 '얌전히 기다려라. 그렇게 건방지게 허풍을 떨지 않아도 내가 갈 테니까', 라고 말하려는 듯했다. 그는 어깨 부분이 더 넓었음에도, 도 에스코바르와 마주서자 상대방보다 체격이나 전투적인 면모에서 현저하게 빈약해 보였다. 꽉 끼고, 발밑에 고정 끈이 달린 바지 속의 그의 다리가 x자 모양을 띤 데다, 또 이미 약간 누렇게 변한 부드러운 셔츠는 손목 부분에서 단추가 채워진 넓은 소매와 그 위에 걸쳐진 회색 고무 바지 멜빵과 함께 너무나 볼품이 없었다. 반면에, 도 에스코바르의 줄무늬 운동복 러닝셔츠와 특히 그의 팔에 난 검은 털은 굉장히 싸움에 능하고 위험한 인상을 풍겼다. 이들은 모두 창백했지만, 야페가 평소에도 볼이 불그스름했기 때문에 더 뚜렷이 창백해 보였다. 그는 들창코에 주근깨가 있는 콧마루를 드러낸 활기차고 약간 거친 금발 소년의 얼굴을 보였다. 이와 달리 도 에스코바르의 코는 짧고 똑바른 데다 아래로 쳐져 있었으며, 위로 치켜진 그의 입술 위로는 검은 코밑수염의 기미가 내비쳤다.

이들은 두 팔을 내리고 가슴이 거의 맞닿을 정도로 가까이 선 채, 험상궂고 경멸하는 표정으로 서로의 복부를 노려보고 있었다. 둘 다 어떻게 시작해야 할지 제대로 알지 못하는 기색이 역력했거니와, 이런 분위기는 나 자신의 감정과도 완전히 일치했다. 이들이 마주쳤던 날 이후로 하룻밤과 반나절이 흘렀다. 서로 두들겨 패고 싶은 심정은 어제저녁에만 해도 매우 활발했고, 단지 이들의 기사도 정신 덕분에 통제될 수 있었으나, 그사이에 냉정해지는 시간을 갖게 되었던 것이다. 어제 그렇게 생생한 동기에서 하고 싶었던 일을 이제 이들은 정해진 시간에 맨정신으로, 그리고 모여든 구경꾼들 앞에서 지시에 따라 실행에 옮겨야만 했다. 하지만 결국 이들은 예의가 뭔지를 배운 소년들이었거니와, 고대의 글래디에이터는 아니었다. 사람이 차분한 정신에서 누군가의 멀쩡한 몸을 주먹으로 때려눕히는 일은 인간적으로 꺼려지기 마련이다. 나는 이렇게 생각했고, 아마 실제로도 그러했을 것이다.

하지만 명예 문제 때문에라도 무슨 일이든 일어나야 했기에 이들은 각기 다섯 손가락 끝으로 서로의 가슴을 찌르기 시작했다. 이런 동작은 마치 이들이 서로를 과소평가하면서, 상대를 그만큼 가볍게 바닥에 쓰러뜨릴 수 있을 거라 믿는 것처럼 보이게 했거니와, 분명 서로를 자극하려는 목적이 있었다. 그러다가 야페의 얼굴이 일그러지기 시작하는 순간, 도 에스코바르가 막 시작되던 전초전을 중단했다.

"잠깐, 신사양반!" 그가 두 걸음 뒤로 물러나서 몸을 돌리며 말했다. 이것은 그가 자신의 바지 버클을 등 뒤에서 더 단단히 채우기 위해서였다. 왜냐하면 그는 바지 멜빵을 벗어버렸는데, 그의 엉덩이 부분이 좁았던 탓에 바지가 흘러 내려가기 시작했기 때문이다. 그가 버클을 새로 완전히 고쳐 채웠을 때, 뭔가 거칠게 쇳소리가 나고 입천장에서 구르는 발음으로 스페인 말을 했다. 아무도 그 말을 이해하지 못했지만, 아마도 자신이 이제 비로소 제대로 싸울 준비가 되었음을 알리려 했던 것 같다. 그가 다시금 어깨를 뒤로 젖히며 앞으로 나섰다. 그는 엄청나게 자만에 빠진 사내였던 것이 분명했다.

어깨와 평평한 손으로 티격태격하며 불쾌하게 푸푸 하는 숨소리를 내는 동작이 처음부터 다시 시작되었다. 그러다가 갑자기, 전혀 예기치 못한 사이에 짧고 맹목적이며 격렬한 주먹질이 오갔다. 이렇게 혼란스럽게 뒤섞이던 두 사람의 주먹질은 삼 초간 지속되더니, 또 갑자기 멈춰버렸다.

"이제 제대로 분위기가 무르익었네." 내 옆에 앉아서 마른

풀 한 줄기를 입에 물고 있던 조니가 말했다. "나는 야페가 이
긴다는 쪽에 내기를 건다. 도 에스코바르는 너무 약해. 저 봐,
쟤는 계속 다른 사람들 쪽을 힐끔거리잖아! 야페는 단단히 집
중하고 있는데 말이야. 야페가 쟤를 제대로 내갈길지 아닐지
를 내기할래?"

　두 사람은 서로 부딪쳤다가 상대방으로부터 튕겨 나간 다음
순간, 가슴을 벌렁거리며 두 주먹을 허리에 대고 서 있었다. 이
들이 각기 상당한 타격을 입었던 것은 의심의 여지가 없어 보
였다. 왜냐하면 이들의 얼굴은 화가 잔뜩 나 있었거니와, 둘 다
격분한 표정으로 입술을 앞으로 쑥 내밀며, '야, 너, 뭔 짓이야,
나를 이렇게 아프게 하고!'라고 말하려는 듯했다. 이들이 다시
서로 달려들 때, 야페의 두 눈은 충혈되어 있었고, 도 에스코바
르는 흰 이빨을 드러내 보였다.

　이제 이들은 전력을 다해 서로 두들겨댔는데, 번갈아 가면
서, 그리고 잠깐씩 쉬면서 어깨, 아래팔, 또 가슴팍을 쳤다. "이
건 너무 시시하잖아." 조니가 매력적인 억양으로 말했다. "이래
서는 아무도 끝장나지 않아. 턱 아래에다 주먹을 날려야지, 이
렇게 아래쪽에서 턱뼈로 박아 넣으면서 말이야. 그래야 끝장이
난다고." 그러나 그사이에 도 에스코바르가 왼팔로 야페의 두
팔을 붙잡았고, 이것을 마치 조임쇠 안에 끼워두듯이 자기 가슴
에 대고 단단히 눌러둔 채, 오른손 주먹으로는 야페의 옆구리를

쉬지 않고 공략하고 있었다.

큰 동요가 일어났다. "붙잡지 마!" 여러 관중이 소리를 지르며 벌떡 일어났다. 크나크 씨도 깜짝 놀라 서둘러 중앙으로 나섰다. "붙잡지 마!" 그도 소리쳤다. "이봐, 친구, 지금 상대방을 붙잡고 있잖아! 이건 어떤 의견과도 안 맞지." 그는 두 사람을 떼어 놓고, 도 에스코바르에게 상대방을 붙잡는 것은 절대 금지되어 있다며 다시 한번 주의를 주었다. 그러고 나서 그가 다시 뒤편의 외곽으로 물러섰다.

야페는 엄청나게 화가 나 있었다. 누구나 그것을 똑똑히 보았다. 매우 창백한 기색으로 그가 옆구리를 어루만지고, 불행을 예고하듯 머리를 천천히 끄덕이며 도 에스코바르를 노려보았다. 그리고 그가 그다음 과정을 시작했을 때, 그의 표정은 너무나 단호해서 누구나 그가 결정적인 행동을 하리라고 기대했다.

그리고 이들이 다시 맞붙게 되자마자, 실제로 야페가 기습 공격을 감행했다. — 그는 아마 미리 생각해 두었던 속임수를 썼던 것이다. 왼손 주먹을 들어 올려 마치 위쪽을 치려는 듯한 그의 움직임에 속아서 도 에스코바르가 자기 얼굴을 덮어 보호했다. 그러나 그가 얼굴을 덮는 순간에 야페의 오른손 주먹이 아주 강력하게 그의 복부를 직격하자, 도 에스코바르는 그만 앞쪽으로 몸을 웅크렸고, 그의 얼굴이 노란 밀랍 빛을 띠었다.

"저건 제대로 맞은 거야." 조니가 말했다. "저건 아플 거야.

이젠 쟤도 자기 형편을 받아들이고, 진지하게 정신 바짝 차리면서 복수할 수 있어." 그러나 복부가 너무 제대로 맞았던 데다, 도 에스코바르의 신경 체계는 크게 충격을 받아 눈에 띄게 흔들리고 있었다. 그가 누구를 때리기에는 주먹을 제대로 쥐지도 못하는 점이 드러났거니와, 두 눈은 제대로 의식이 있는 것 같지도 않았다. 하지만 자신의 근육이 말을 듣지 않는 것을 느끼자, 그의 허영심은 그가 다음과 같이 행동하도록 만들었다. 그는 몸놀림이 가벼운 남쪽 나라 사람 특유의 움직임을 흉내 내기 시작했는데, 이렇게 날렵한 몸놀림으로 곰처럼 우직한 독일 녀석을 놀려대며 절망에 빠지도록 할 요량이었다. 이렇게 짧은 보폭, 그리고 온갖 쓸데없는 방향 선회를 구사하는 가운데, 그가 작은 원을 그리며 야페 주위를 춤추듯이 돌았고, 거기에다 호기롭게 미소까지 지어 보이려 애썼다. 위축된 상황에서 보여준 그의 이런 모습은 내게 마치 영웅 같은 인상을 주었다. 그러나 야페는 결코 절망에 빠지지 않았으며, 오히려 그냥 발꿈치로 함께 방향을 돌리면서 상대방에게 강한 주먹을 몇 번이나 날렸을뿐더러, 왼손으로는 도 에스코바르의 가볍게 시도되는 공격을 막아내기도 했다. 하지만 도 에스코바르의 운명을 결정지은 것은 그의 바지가 끊임없이 흘러내리는 상황이었다. 이와 함께 그의 운동복 러닝셔츠도 바지 밖으로 튀어나와 위로 밀려 올라갔기 때문에 그의 상체 일부가 누르스름한 맨살을 드러내 보였

고, 몇몇 구경꾼들이 그 모습을 보고 크게 웃어댔던 것이다. 그
가 또 왜 멜빵은 벗어버렸던지! 멋 따위는 그가 신경 쓰지 말아
야 했다. 왜냐하면 이제 그를 방해하는 것은 바지였거니와, 이
미 이것이 싸우던 내내 그를 방해하고 있었다. 그는 계속 바지
를 추켜올리고 셔츠를 그 안으로 밀어 넣으려 애썼다. 비록 자
신의 몸 상태가 형편없기는 했으나, 어수선하게 흐트러져서 우
스꽝스러운 꼴을 보여주고 있다는 느낌을 견딜 수 없었기 때문
이다. 그러다 보니 결국 야페가, 단지 한 손으로만 싸우고 다른
손으로는 자신의 옷매무새를 고치기에 급급하던 도 에스코바
르의 코를 제대로 가격하는 일이 벌어졌다. 바로 이 타격이 얼
마나 컸던지, 나는 어떻게 그의 코가 완전히 부러지지 않았는지
지금까지도 이해할 수 없다.

　아무튼 코피가 터져 나왔고, 그러자 도 에스코바르는 그만
몸을 돌려 야페에게서 떨어졌다. 그가 오른손으로 피를 막아보
려 하면서, 왼손으로는 뒤쪽으로 의미심장한 신호를 보냈다. 야
페는 여전히 제 자리에 서 있었고, x자 모양의 다리를 벌리고 주
먹은 움켜쥔 채, 도 에스코바르가 다시 돌아오기를 기다렸다.
그러나 도 에스코바르는 더 이상 함께하지 않았다. 내가 그를
제대로 이해했다면, 그는 둘 중 더 점잖은 사내였고, 이때가 싸
움을 마무리할 적절한 시점이라고 생각했다. 야페라면 의심할
여지없이 코피를 흘리면서 싸움을 지속했을 것이다. 하지만 이

경우에도 도 에스코바르는 더 이상 함께하기를 거부했을 것임이 거의 확실했다. 그리고 이제 피를 흘리는 쪽이 그 자신이었기 때문에 그는 더 단호하게 더 이상의 싸움을 거부했다. 그가 코피를 쏟는 일을 겪고 있었다. 빌어먹을, 그의 생각에는 이런 상황까지 오지는 말아야 했을 일이었다. 피가 그의 손가락 사이로 흘러내려 옷 위로 떨어졌고, 입고 있는 밝은색 바지를 더럽히며 노란 구두 위로 뚝뚝 떨어졌다. 이건 그냥 비열한 짓일 뿐이었다. 이런 상황에서 계속 치고받는 짓은 비인간적이라며 그가 거부했다.

덧붙여 말하면, 그의 견해는 대다수의 생각이기도 했다. 크나크 씨가 원 안으로 들어와서, 싸움이 끝났음을 선언했다. "명예는 충분히 지켜졌네." 크나크 씨가 말했다. "두 사람 모두 훌륭하게 행동했어." 사건이 이만큼 매끄럽게 끝났기 때문에 그는 아주 안도하는 모습을 보였다. "그렇지만 아무도 쓰러지지 않았잖아요." 조니가 의외의 상황에 놀라고 실망하며 말했다. 하지만 야페 역시 이 사건이 해결된 것으로 보는 데에 전적으로 동의했거니와, 심호흡하며 아까 자신이 벗어놓은 옷들이 있는 곳으로 걸어갔다. 결투는 무승부로 끝났다는 크나크 씨의 섬세한 감각의 허구는 일반적으로 받아들여졌다. 야페는 단지 눈에 띄지 않게 축하를 받았을 뿐이었고, 다른 사람들이 도 에스코바르에게 손수건을 건넸다. 그 자신의 손수건은 이미 빠르게 피에 젖었기 때문이다. "계속하자!" 이어지는 소리가 들렸다. "이제 다른 사람들도 한판 붙어봐야지."

이 말은 그곳에 모인 구경꾼들이 느낀 마음을 정확히 대변한 소리였다. 야페와 도 에스코바르가 한판 붙었던 것은 너무 짧아서 고작 십여 분 정도로 끝나버렸다. 기왕 모두가 모이고 아직 시간이 있으니, 뭔가를 해야 했다! 그러니까 자신이 사내라고 불릴 자격이 있고 또 증명해 보여주려는 다른 두 사람은 아레나로 나서라!

아무도 안 나섰다. 그런데 왜 저 외침에 내 심장이 작은 북처럼 쳐대기 시작했을까? 내가 두려워했던 일이 벌어지고 있었다. 결투에 나서라는 부추김의 외침은 구경꾼들 사이에서 퍼져나갔다. 하지만 왜 난 이 엄청난 순간을 이전부터 내내 두려움에 떨면서 마치 고대하고 있었던 것 같은 기분이 들었을까? 그리고 왜 난 이 순간이 닥치자마자 또 상반된 감정들의 소용돌이에 빠져들게 되었을까? 나는 조니를 바라보았다. 그는 완전히 태연하게, 그리고 새로운 상황에서 아무런 영향도 받지 않은 채 내 옆에 앉아 있었고, 입에 물고 있던 밀짚 대롱을 돌리면서 호기심 많은 표정으로 좌중을 대놓고 둘러보았다. 힘센 양아치들이 어디 더 있는지, 그래서 그의 개인적인 즐거움을 위해 서로 코를 작살내줄 것인지 알고 싶었던 것이다. 그런데 나는 왜 나 자신이 직접 영향을 받고, 그런 부추김을 받았다고 느꼈을까?

— 말하자면, 나의 수줍음을 비현실적일 만큼 강력한 노력으로 극복하고, 영웅이 되어 도전장에 들어서며 모두의 관심을 내게로 돌려야 한다는 스스로의 의무감에 젖어, 말도 안 되게 흥분했던 걸까? 실제로, 이것이 허세였든, 아니면 너무 지나친 수줍음 때문이었든, 내가 손을 들고 막 싸움을 신청하려던 순간, 주변 어디에선가 건방진 목소리가 거침없이 들려왔다.

"이젠 크나크 선생이 어디 한판 붙어보셔야지!"

모든 눈이 날카롭게 크나크 씨에게 쏠렸다. 내가 이미 말하지 않았던가, 그가 얼음판처럼 매우 위태로운 상황에 들어섰고, 온통 만신창이가 되어버릴 수 있는 시험의 위험을 스스로 감수했다고? 그러나 그는 다음과 같이 대답했다.

"고맙네만, 난 청소년 시절에 이미 충분히 얻어맞았어."

그는 구원되었다. 뱀장어처럼 교활하게 올가미에서 벗어났다. 자신의 옛날 시절을 언급하며, 예전에 명예가 걸린 싸움을 절대 피하지 않았음을 암시했던 것이다. 그러면서 뽐내기는커녕, 오히려 자신이 얻어맞았노라고 호감 가는 자기 조소를 섞어 고백함으로써 자기가 한 말의 진실이 드러나도록 할 줄도 알았다. 사람들은 그에게 더 이상 신경 쓰지 않고, 그냥 내버려두었다. 그를 끌어들여 골탕 먹이는 일이 불가능하지는 않겠지만, 어렵다는 것을 알게 되었던 것이다.

"그럼, 씨름으로 하지!" 누군가 요구했다. 이 제안은 별 호응을 끌어내지 못했다. 그러나 이런 논의들 속으로 도 에스코바르가 불쑥 끼어들며 (난 이로 인해 난감해졌던 인상을 절대로 잊지 못한다) 피에 젖은 손수건 뒤에서 목쉰 스페인어 소리를 섞었다.

"씨름은 비겁해. 씨름은 독일 사람들이나 하는 거야!"—이것은 도 에스코바르가 저지른 어처구니없이 부적절한 언행이었고, 역시 이에 합당한 응대가 즉각 뒤따랐다. 이때 크나크 씨가 매우 뛰어난 답을 제시했기 때문이다. "그럴지도 모르지. 그런데 독일 사람들이 가끔씩 스페인 사람들을 제대로 두들겨 패 주는 것 같기도 하누만." 맞장구치는 폭소가 그에게 보답으로 돌아왔다. 이렇게 응수한 뒤로 크나크 씨의 지위는 아주 확고해졌으며, 도 에스코바르는 이날 완전히 끝장이 나게 되었다.

그러나 씨름은 다소 지루하다는 생각이 지배적이었던 것은 사실이다. 그래서 온갖 종류의 체조 종목, 가령 다른 사람의 등을 뛰어넘는 말타기, 물구나무서기, 물구나무서서 걸어가기 등으로 시간을 보내는 일로 넘어갔다. —"야, 우리 인제 그만 가자." 조니가 브라트슈트룀과 나에게 말하며 일어섰다. 이런 게 진짜 조니 비숍이었다. 그는 뭔가 확실한 일이 피를 흘리는 결말로 끝나는 것을 보려고 왔었다. 그런데 일이 장난거리로 흘러가자, 그가 자리를 떠난 것이다.

이렇게 조니는 나에게 영국인 특유의 우월성에 대한 첫인

상을 전달해 주었고, 훗날 나는 이런 특성을 겪으며 매우 감탄
하게 되었다.

# 베네치아에서의 죽음

## 제1장

구스타프 아셴바흐, 아니면, 그의 50세 생일 이래로 공적으로 불리는 그의 성명을 따른다면, 구스타프 폰 아셴바흐는 — 수 개월 동안 우리의 대륙에 위태로운 조짐을 보여오던 19XX년[01]의 어느 봄날 오후에, 뮌헨의 프린츠레겐트 슈트라세[02]에 있는 자기 집에서 나와 혼자서 꽤 멀리 산책을 하고자 했다. 오전 몇 시간 동안의 일이 바로 지금 같은 때에는 극도의 조심성과 용의주도성, 그리고 강렬하고도 세밀한 의지가 요구되는 작업이

01    작가가 의도적으로 연도를 구체적으로 밝히지 않고 있지만, 실은 유럽 열강들의 갈등으로 인해 유럽 대륙이 국제정치적으로 암운에 휩싸여 있던 1910년대 초를 암시하고 있다. 여기서 작가는 국제정치적 위험을 아마도 일반적 위기 상황으로 상대화하고 싶었던 것으로 보인다.

02    '섭정전하가(Prinzregentenstraße)'는 1886년에서 1912년까지 바이에른 왕국의 섭정을 지낸 루이트폴트(Luitpold)를 기리기 위해 명명되었으며, 뮌헨시 번화가의 하나로서 거리 전체가 문화재로 지정되어 있다.

었는데, 이 어렵고도 위험한 작업으로 인해 지나치게 흥분되어 있었기 때문에, 이 작가는 자기 내면의 생산적 엔진의 계속적 작동 —키케로의 말에 의하면, 연설의 본질이라 할 수 있는 저 '정신의 지속적 운동'[03] —을, 점심식사가 끝난 뒤에도 멈출 수가 없었다. 그의 체력이 점점 더 소진되어 가기 때문에 낮 동안에 한번은 낮잠을 자야 하는데, 피로감을 풀어주는 이 낮잠도 잘 수 없었다. 그래서 그는 차를 마시고 나자마자 곧바로, 바깥 공기를 쐬고 몸을 좀 움직이면 컨디션이 다시 회복되어 생산적인 저녁을 맞이하는 데에도 도움이 되리라는 희망을 갖고서 집 바깥으로 나온 것이었다.

5월 초순이었는데도, 몇 주일간 습하고 냉기를 띤 날들이 계속된 뒤에 갑자기 때아닌 한여름 날씨가 들이닥쳤다. 이제 겨우 연한 나뭇잎이 돋아났음에도 불구하고 영국 공원은 8월처럼 후텁지근했고, 도시 근처에는 마차들과 산책하는 사람들로 북적대고 있었다. 더 조용한 길, 다시금 더 조용한 길로 자

---

03　토마스 만이 키케로의 말이라고 믿고 인용한 '영혼의 끊임없는 운동(motus animi continuus)'이란 라틴어 구절은 실은 키케로의 말이 아닌 것으로 밝혀졌다. 만은 루이즈 콜레(Louise Colet)에게 보낸 플로베르의 1853년 7월 15일 자의 편지에서 이 구절을 메모해 두었다가 여기에서 재인용한 것으로 알려져 있다. 그러나 키케로의 저서 《투스쿨룸 대화》 제1권, 제19절에 이와 유사한 표현이 나온다. "……motus animi sunt continui……"

꾸 걸어가다 보니 그가 다다르게 된 아우마이스터에서 아셴바
흐는 대중적 손님들로 붐비는 정원 식당을 잠깐 내려다보게 되
었다. 식당 언저리에는 전세 마차와 고급 승용마차 몇 대가 서
있었다. 거기서부터 그는 석양을 받으며 공원 바깥으로 나와서
탁 트인 들판을 지나 귀로에 올랐다. 피로를 느낀 데다가 푀링
쪽 하늘 위에 천둥 번개의 조짐이 나타났기 때문에, 그는 북부
묘지 앞에서 전차를 탔으면 좋겠다고 생각했다. 전차라면 자
신을 시내까지 직선 코스로 도로 데려다 줄 수 있을 것이었다.
　우연하게도 그는 전차 정류장과 그 주위에서 사람의 그림
자라곤 볼 수 없었다. 선로가 외롭게 빛을 발하며 슈바빙 쪽으
로 뻗어 있는 포장된 웅어러 슈트라세 위에도, 푀링 방향의 순
환도로 위에도 차라고는 한 대도 보이지 않았다. 팔려고 내어
놓은 십자가들, 비석들과 기념비들이 무덤 없는 제2의 공동묘
지를 이루고 있는 석물(石物) 공장들의 울타리 뒤편을 봐도 움
직이는 것이라곤 아무것도 없었다. 그런데, 영안실 맞은편의
그 비잔틴식 건물이 막 가라앉는 태양의 후광을 받으며 묵묵히
서 있는 것이었다. 건물의 정면 상단에는 그리스풍의 십자가들
과 고대의 종교적 그림들이 밝은 색조로 장식되어 있었고, 게
다가 거기에는 나란히 배열된 금장(金裝) 명구(銘句)들이 적혀
있었는데, 예컨대 그것들은 대략 '당신은 주님의 성전으로 들
어오고 있습니다'라든가, 또는 '영생의 빛이 그들을 인도해 주

기를!'과 같은, 내세에 관한 정선된 명구들이었다. 그래서 전차를 기다리던 그 사람은 그 문구들을 읽으면서 자신의 정신적 눈을 그 문구들이 내비치는 신비성에 빠져들게 함으로써 몇 분 동안이나마 진지한 마음의 휴식을 얻었다. 바로 그때, 그는 꿈을 꾸는 듯한 상태에서 현실로 되돌아오면서, 옥외계단의 양쪽을 지키는 두 마리의 묵시록적 동물상의 위쪽, 주랑(柱廊) 현관에 서 있는 한 남자를 보았는데, 이 남자의 범상찮은 모습으로 인하여 그의 생각들이 완전히 다른 방향으로 흘러가게 되었다.

그 남자가 방금 홀의 내부로부터 청동제 문을 통해 바깥으로 나온 것인지, 혹은 바깥으로부터 눈에 띄지 않게 건물로 다가가 그 위에까지 올라간 것인지는 확실하지 않았다. 그 의문에 대해 특별히 깊이 생각하지는 않고서 아셴바흐는 첫 번째 추측이 맞으리라고 생각했다. 키는 적당히 크고 몸은 깡마르고 턱수염은 없으며 코는 눈에 띄게 뭉툭한 그 남자는 머리카락이 붉은 타입에 속했고, 이 유형의 사람이 흔히 그렇듯 주근깨가 있는 우윳빛 피부를 하고 있었다. 분명히 그는 바이에른 혈통은 아니었다. 적어도 그가 머리에 쓰고 있는 차양이 넓고 테두리가 반듯한 밀짚모자만 하더라도 그의 외양에 이국적이고 멀리서 온 사람의 인상을 풍기고 있었던 것이다. 물론 이런 차림에다 그는 이 나라에서 흔히 볼 수 있는 배낭을 양어깨에 메고 있었고, 보아하니 허리 벨트를 매게 되어 있는 로덴직 소재의 양복을 입고 있는 것 같기는 했다. 옆구리에 지탱하고 있는 왼쪽 팔목 위에는 회색 우의가 걸쳐져 있었고, 오른손에는 끄트머리에 쇠붙이를 박은 지팡이가 들려 있었다. 그는 이 지팡이를 비스듬히 땅에 대고 몸을 지탱하고 있었으며, 두 발을 꼰 채 지팡이의 손잡이 위에다 허리를 기대고 있었다. 헐렁한 스포츠 셔츠로부터 가늘게 삐져나온 그의 목에서 목젖이 심하게 툭 드러나도록 고개를 쳐든 채, 그는 빨간 속눈썹이 나 있는 무채색의 두 눈으로 날카롭게 살피면서 먼 곳을 바라보고 있었다. 그의 두 눈 사이에는 두 개의 골 깊은 주름이 수직으로 파여 있었는데, 그것은 그의 뭉툭한 코와 기묘하게 잘 어울렸다. 그래서 그의 자세에는— 아마도 그가 높이 있기도 하고, 높아 보이는 위치에 있어서 이런 인상이 생기는 것이기도 하겠는데— 뭔가를 위압적으로 조망하는 대담함 내지는 심지어 사나운 면까지도 엿보였다. 하긴 그가 지는 해에 눈이 부셔서 얼굴을 찡그렸을 수도, 혹은 그가 습관적으로 인상을 찡그리는 것일 수도 있었다. 말하자면, 그의 두 입술은 너무 얇아 보여 이빨에서 완전히 뒤로 밀려난 모양새가 되었고, 이빨은 잇몸 있는 데까지 노출되어 잇몸 사이에서 허옇고 길다랗게 드러나 보였다.

아마도 아셴바흐는 그 낯선 남자[04]를 반은 산만한 태도로,

---

04　이 낯선 남자에 대한 위의 묘사는 ‘방랑자의 신’이며 ‘명부에의 안내자’이

반은 탐지하는 태도로 살펴보는 중에 미처 상대방을 배려하지 못했던 모양이다. 왜냐하면 갑자기 그 남자가 자기의 눈길을 맞받아 오는 것을 감지하였기 때문인데, 그것도 아주 호전적으로 상대방의 눈을 똑바로 들여다보면서 갈 데까지 가보자고 밀어붙여서, 아주 작정하고 상대가 어쩔 수 없이 눈을 돌릴 수밖에 없게 하려는 것이 분명하였기 때문이다. 그래서 아셴바흐는 민망함을 느낀 채 몸을 돌리고는, 그 사람에게 더는 신경 쓰지 않겠다는 결심까지 대뜸 하고서 울타리를 따라 걸음을 옮기기 시작했다. 그다음 순간에 그는 그 남자를 잊었다. 그러나 그 낯선 사람의 모습 속에 있던 예의 그 방랑기가 지금 그의 상상력에 작용한 것인지, 아니면 그 어떤 신체적 혹은 정신적 영향력이 작동한 것인지는 몰라도, 정말 놀랍게도 그는 자기 내면이 묘하게 확장됨을 의식하게 되었다. 그것은 일종의 억제할 수 없는 불안이었고, 젊은 시절 목말라 했던 먼 세계를 향한 갈망이었으며, 너무나 생생하고 너무나 새로워서 이미 오래전에 청산하고 망각해 버린 일종의 감정이었다. 그래서 그는 두 손으로 뒷짐을 지고 시선을 땅바닥에 떨군 채, 이 느낌의 본질과 목표 하는 바가 무엇인가를 알아내기 위해 마치 발이 묶여 버린 듯

기도 한 헤르메스의 모습을 연상시키며, 또한 디오니소스나 '죽음의 신'의 면모를 연상시키기도 한다.

멈춰 서 있었다.

그것은 바로 여행에의 욕구와 다름없었다. 그런데 그것은 정말이지 발작처럼 나타나 열정적인 것으로, 심지어는 환각으로까지 고조되는 그런 욕구였다. 그의 욕망은 가시적인 것이 되었다. 오전 몇 시간을 작업한 이래로 아직 진정되지 않은 그의 상상력은 이 다양한 지구가 갑자기 드러내려고 하는 온갖 경이로움과 공포스러움의 한 예를 생각해 낸 것이었다. 말하자면, 그는 한 풍경[05]이 자기 눈앞에 펼쳐진 것을 보았는데, 그것은 짙은 안개가 가득한 하늘 아래에서 펼쳐진 열대의 한 늪지대였다. 그곳은 습하고, 무성하고 엄청나게 광대했으며, 섬과 수렁 그리고 흙탕물을 옮겨 나르는 강줄기들로 구성된 일종의 태곳적 황무지였다. 또한 그는 무성한 양치식물 숲과 통통하게 살쪄서 부풀어 오른 모습을 하며 기묘한 꽃을 피운 식물들의 뿌리 부근에서, 종려나무들이 털이 난 둥치들을 여기저기 공중으로 뻗고 있는 것을 보았다. 그리고 묘한 기형의 나무들이 뿌리를 일단 공중에 드러내었다가 다시 땅속으로, 초록색 그림자를 반사하고 있는 고인 강물 속으로 내리뻗고 있는 것을 보았다.

---

05  아셴바흐의 환시(幻視) 비슷하게 묘사되는 풍경은 인도 갠지스강의 삼각주이다. 토마스 만은 이 작품의 후반부에서 이곳을 콜레라의 발원지로서 다시 언급한다. 한편, 인도는 디오니소스 신의 고향으로 통하고, 호랑이들이 그의 마차를 끄는 것으로 알려져 있다.

접시만큼 큰 우윳빛 꽃들이 떠다니는 사이사이에 못생긴 주둥이를 한 낯선 새들이 얕은 물 가운데 서서 날갯죽지를 높이 치켜세운 채, 얕은 곳에 서서 꼼짝도 하지 않고 옆을 바라보고 있었다. 또한 그는 죽림(竹林)의 마디가 많은 대나무들 사이에서 웅크리고 있는 한 호랑이의 두 눈에서 섬광이 발하는 것을 보았다. 그리고 그는 놀라움과 알 수 없는 욕망으로 인해 가슴이 뛰는 것을 느꼈다. 이윽고 그런 환시가 사라졌다. 그래서 아셴바흐는 고개를 설레설레 흔들고는 묘비 석물 공장들의 울타리 곁 산책로를 따라 다시 걷기 시작했다.

그에게는 세계 교통의 이점을 마음대로 향유할 정도의 경제적 여유가 있었는데, 그는 적어도 그 시점 이래로 여행이라는 것은 자신의 의사와 취향에 반하더라도 가끔은 실행해 줘야 하는 건강상의 방책에 불과한 것으로 여겨 왔다. 그의 자아와 유럽 정신이 자신에게 요구한 과업에 너무 몰두했으며, 생산의 의무라는 짐이 너무 버거웠던 관계로, 또한 다채로운 외부 세계의 애호자가 되기에는 휴식과 오락에 대한 혐오가 너무 강한 관계로, 그는 자신의 생활권을 멀리 벗어나지 않은 채, 누구나 지구 표면에서 얻을 수 있는 세계관을 통해 전적으로 자족해 왔으며, 심지어는 유럽을 떠날 시도조차 단 한 번도 한 적이 없었다. 더욱이 그의 인생이 서서히 저물어 가기 시작하고, 완성을 이룰 수 없을지도 모르겠다는 예술가로서의 공포 — 자기의 의무를

다하기도 전에, 자기 자신을 완전히 발휘하기도 전에 그의 시
간이 다 흘러가 버릴지도 모른다는 그런 걱정 — 를 더는 단순
한 기우(杞憂)로 여기며 그냥 물리칠 수 없게 되었다, 그 이후
로 그의 외적 생활은 거의 모두, 그에게 고향처럼 된 이 아름다
운 도시와, 그가 산간지방에 마련해 두고 여름 우기를 보내는
그 투박한 별장에 국한되었다.

　물론 방금 그렇게 뒤늦게 느닷없이 그에게 엄습해 온 그 무
엇은 곧바로 이성과 젊은 시절부터 연마해온 극기를 통해 진정
되고 알맞게 정리되었다. 그에게는 현재 자신의 삶을 다해 집
중하고 있는 작품을 시골로 옮겨 가기 전에 어느 정도까지는
진척시키겠다는 의도가 있었다. 그래서 하릴없이 세계를 돌아
다니는 일 따위는 몇 달씩 자신의 일에서 손 떼게 할 것인 만큼
너무나 방종하고 계획에 어긋나는 것으로 보여, 진지하게 고려
해볼 여지조차 없었다. 그럼에도 불구하고 이런 유혹이 이렇게
갑작스럽게 그의 마음속에서 일게 된 원인을 그 자신이 너무나
도 잘 알고 있었다. 그 유혹은 그 자신 스스로 인정하는 탈주에
의 충동이었는데, 먼 미지의 곳으로 가고 싶은 동경이었고, 해
방되고 짐을 벗어버리고 잊어버리고 싶은 그런 욕망이었다. 그
것은 작품에서 멀어지고자 하는 충동이었고, 냉혹하고도 열정
적인 복무(服務)가 이루어지는 일상의 장소로부터 달아나고 싶
은 충동이었다. 사실 그는 그 복무를 사랑하였다, 그리고 자기

신경을 쇠잔하게 만드는데도 매일같이 새로 시작해야 하는 그 싸움까지도 이미 사랑하다시피 했다. 그 싸움이란 끈질기면서도 자랑스럽고 그렇게도 자주 시련을 이겨낸 자신의 의지와, 이 점증하는 피로감 사이의 전쟁이었다. 이 피로감은 아무도 알아서는 안 되었으며, 그의 생산품 속에 실패나 태만의 조짐을 보임으로써 그러한 피로감을 누설하는 일이 결코 있어서는 안 되었다. 그렇지만 활을 너무 팽팽하게 잡아당기지 않으면서 그렇게 생생하게 솟구치는 욕구를 고집스럽게 억누르지 않는 것이 분별 있는 처신일 듯했다. 그는 자신의 작업을 생각했다. 이미 어제 그랬듯이 오늘도 다시금 그대로 놓아둔 채 집을 나와버릴 수밖에 없던 그 대목을, 끈질기게 참으면서 다듬어 주어도, 재빨리 타협의 악수를 내밀어 보아도 도무지 순응하려 들지 않는 그 대목을 생각했다. 그 대목을 새로이 검토해 보면서 그는 그 막히는 데를 돌파하거나 해결해 보려고 했지만, 불쾌감으로 소름이 끼치는 통에 그 시도를 그만 포기하고 말았다. 여기에 그 어떤 특별한 어려움이 드러난 것은 아니었다, 그리고 그를 마비시키고 있는 것은 실은 작업에 대한 혐오감에서 오는 회의였다. 그러한 혐오감은 그 무엇을 통해서도 더는 충족될 수 없는 불만감으로 나타났다. 물론 불만감은 젊은 시절의 그에게도 이미 재능의 본질이면서 가장 내밀한 특성으로 통했었다. 그 때문에 그는 감정의 고삐를 바짝 죄고 그것을 냉각시켰다, 왜냐하면 감정이라는 것에는 대충대충 즐겁게 넘어가고 반쯤만 완성된 것에 만족하려는 경향이 있다는 것을 그가 알았기 때문이다. 그러니까 이제 그 억압당했던 감각이 그를 떠나가면서, 그의 예술을 계속 책임지며 거기에 날개 달아주길 거부하면서, 또 예술의 형식과 표현에 대한 모든 즐거움, 모든 환희를 탈취해 가면서 복수하는 것일까? 그가 형편없는 작품을 내어놓은 것은 아니었다. 적어도 이 사실만은 그가 살아온 세월의 성과였다. 그래서 그는 어떤 순간에도 차분한 심정으로 자신의 대가다움을 확실하게 느낄 수 있었다. 그러나 온 국민이 그의 대가다운 능력을 존경하는 사이, 정작 그 자신은 그러한 대가다움이 기껍지 않게 되었다. 정열적 유희의 흥취에서 나오는 특징들이 자신의 작품에는 결여되어 있는 듯이 보였다. 말하자면 어떠한 기쁨의 산물, 마음속에서 나오는 내용 이상의 어떤 것, 중요한 장점 이상의 어떤 것으로 향유하는 세상 사람들에게 기쁨을 선사하는 그런 것 말이다. 그는 그에게 음식을 마련해 주는 하녀와 그것을 날라다 주는 하인만 데리고 시골 그 조그만 별장에서 홀로 지내야 할 이번 여름이 두려웠다. 또한, 다시금 자신의 불만스럽고 권태스러운 일상을 빙 둘러싸게 될 산봉우리들과 산 장벽들의 눈에 익은 풍광들이 두려웠다. 그러고 보니 정말이지, 일종의 전환이 필요했다. 그 어떤 즉흥적 생활과 빈둥거리는 나날, 이국의 바람과 새로운 피의 수혈이 필요한 것이다. 그래야 이번 여름을 견딜 수 있게 될 것이고 풍요로운 결과를 기대할 수 있을 것이다. 그러므로 여행하는 것이다. 그는 이 결론에 만족했다. 아주 멀리 가지 않아도 될 것이다. 꼭 호랑이들이 웅크리고 있는 곳까지 갈 필요는 없으리라. 침대차에서 하룻밤을 보내고, 마음에 드는 남국의 그 어떤 유명 국제휴양지에서 3, 4주 동안 매일 낮잠을 즐긴다면……

전차 소리가 웅어러 슈트라세 쪽으로 점점 가까이 다가오는 동안, 그는 이런 생각을 했다. 그리고 전차를 타면서 그는 오늘 저녁은 지도와 열차시간표를 보고 궁리하는 데에 바치기로 결정했다. 전차 승차대에 올라서자 문득 그에게, 어쨌거나 이렇게 많은 결과를 초래한 이번 체류의 동반자가 된 그 밀짚모자 쓴 남자를 찾아볼 생각이 들었다. 하지만 그 남자가 어디에 있는지 그에게는 분명하지 않았다. 그 사람은 전에 서 있던 그 장소에도, 거기서 좀 떨어져 있는 정류장에도, 또한 전차 안에서도 보이지 않았던 것이다.

제2장

프로이센의 프리드리히 대왕의 삶에 관한 명료하고도 힘찬 산
문-서사시의 작가, 오랜 시간 땀 흘린 끝에 수많은 인물들과 그
토록 다양한 인간의 운명을 하나의 이념의 음영 속에 짜 모은,
이름하여 《마야Maja》라는 소설을 직조해낸 끈기 있는 예술가,
〈어느 가련한 남자〉라는 제목이 붙어 있으며, 몹시 감사해하는
젊은이들에게 지극히 심오한 인식 너머에 내재한 단호한 도덕
성의 가능성을 보여준 그 힘 있는 이야기의 창조자, 궁극적으
로는 (이로써 간단히 그의 성숙기의 작품들이 제시되었는데) '정
신과 예술'에 관한 열정적 논문, 그 논리정연한 힘과 유창한 논
박을 진지한 비평가들이 소박문학과 감상문학에 관한 쉴러의
논증과 견줄 만하다고 평한 그 논문의 저자, 바로 이 구스타프
아셴바흐는 슐레지엔 지방의 한 군청 소재지인 L.시에서 한 고
위 법관의 아들로 태어났다. 그의 선조들은 장교, 법관, 행정관
리 등이었는데, 왕과 국가를 위해 복무하면서 엄격하고 단정하
고 검약한 삶을 살았다. 내적 정신성은 한때 그들 중에서 나온
목사였던 분을 통해 구현되었다. 반면 좀더 성급하고 감각적인
피는 이전 세대에 작가의 어머니, 즉 보헤미안적 기질을 지닌
악단장의 딸을 통해 이 집안에 전해졌다. 그의 외모에 나타나는
이방 종족의 특성은 그녀로부터 유래한 것이다. 소임을 다하는

분별 있는 성실성과 상대적으로 어둡고 열정적인 충동과의 결합은 한 예술가, 이 특별한 예술가를 탄생시켰다.

그의 전 존재가 명예 위에 놓여 있어서, 본디 조숙하진 않았음에도 불구하고 자기 음색은 단호하고 개성은 분명한 덕분에, 그는 세상을 대처하는 데 있어 능숙함과 노련함을 일찍이 보였다. 고등학교를 채 마치기도 전에 그는 명성을 얻었다. 10년 후에는 그는 책상 앞에 앉아서 자신의 신분에 맞게 행동하고 자신의 명성을 관리하는 법을 익혔고, (성공한 작가이자 신뢰할 만한 자인 그에게 수많은 요구가 들이닥쳤기 때문에) 짤막하게 쓸 수밖에 없는 편지 문장으로 호의를 보여주었고, 중요한 자로 남을 수 있는 법을 익혔다. 40세에 이른 그는 그 고유의 작업으로 인한 피로와 작업의 기복(起伏)으로 인해 지칠 대로 지친 상태에서, 세계 각지의 우표가 붙은 우편물을 매일같이 처리해야 했다.

그의 재능은 진부하거나 특이한 것과는 매우 동떨어져 있었고, 광범위한 대중의 신뢰와 까다로운 자들의 경탄과 요구가 섞인 관심을 동시에 얻게끔 되어 있었다. 그러다보니, 이미 젊은 시절부터 사방에서 업적 — 그것도 특출한 업적 — 을 이루기를 바라는 터여서, 그는 한 번도 빈둥댄 적이 없었고, 젊은 시절에 맘 편히 누릴 수 있는 방종을 결코 알지 못했다. 35세쯤 되었을 때 그는 빈에서 병이 났는데, 세심하게 그를 지켜본 한 남자가 사람들이 있는 자리에서 그에 관해 이렇게 말했다. "여러분, 아셴바흐는 예로부터 이렇게만 살아왔어요" — 그리고 그 사람은 왼쪽 손가락들을 꼭 쥐어 주먹을 만들어 보였다 — "단한 번도 이렇게 지낸 적이 없습니다" — 그러고 나서 그는 손을 펴서 안락의자 등받이에서 느슨하게 내려뜨렸다. 그것은 맞는 말이었다. 그의 천성이 절대 강한 상태가 아니어서 끊임없이 긴장해야 한다는 소명감 때문에 그 굽힘 없는 도덕성이 생겼을 뿐이지, 원래 그렇게 타고난 것은 아니었다.

소년 시절, 의사의 보살핌이 필요해서 그는 어쩔 수 없이 학교를 그만두고 집에서 교육을 받아야만 했다. 그는 친구도 없이 혼자서 자랐고, 자기가 재능이 부족한 것은 아니지만, 재능을 발휘하는 데 필요한 신체적 기반을 갖추지 못한 어떤 족속에 속한다는 것을 일찌감치 알아차릴 수밖에 없었다. — 그러한 족속은 일찍이 최고의 성과를 내곤 하지만, 그들이 나이 들어서까지 그 능력을 발휘하는 경우는 드물다. 하지만 그가 선호하는 말은 '끝까지 견뎌라'였는데, — 그의 프리드리히 소설 또한 이 명령어의 신격화에 다름아니었으며, 그 명령어를 고통 속에서 창작하는 미덕의 진수로 여겼다. 또한 그는 나이 먹기를 간절히 바랐다. 왜냐하면 그는 예로부터, 인생의 매 단계에서 특성 있는 결실을 거둘 수 있는 예술가 정신만이 진정으로 위대하고 포괄적이며 참으로 존경스럽다고 말할 수 있다고 생각해 왔기 때문이다.

따라서 그는 자신의 재능으로 인해 떠맡게 된 여러 임무를 연약한 어깨에 짊어지고 먼 길을 가고자 했기 때문에, 규율을 극도로 필요로 했다. ― 그런데 규율은 정말 다행스럽게도 부친 쪽에서 물려받은 그의 타고난 유산이었다. 40세가 되고 50세가 되었을 때, 다른 사람들은 낭비하고, 뭔가에 열광하고, 커다란 계획들의 실행을 태연히 미루는 그 나이에 이미 그는, 정해진 시간에 가슴과 등에 찬물을 끼얹은 다음, 은 촛대에 끼워진 한 쌍의 길다란 밀랍초를 원고의 머리맡에 갖다 놓고서, 수면을 통해 비축한 힘을 아침 두세 시간 동안 열정적으로 양심을 다해 예술을 위한 제물로 바쳤다. 모르는 사람들이 마야의 세계, 혹은 프리드리히 대왕의 영웅적 삶이 펼쳐지는 대서사 작품을 압축된 힘과 긴 호흡이 빚어낸 산물로 여긴다면, 그것은 용납할 만한 일이었고, 그야말로 사실상 그의 도덕성의 승리를 의미했다. 그러나 실은 그것은 사소한 일상 작업에서 수백 가지의 영감이 하나하나 층층이 쌓아 올려져 거대한 작품으로 된 것이었다. 또한 그것이 모든 점에서 그토록 속속들이 탁월할 수 있었던 것은, 그 작품들의 창조자가 자신의 고향 지방을 정복할 때 보여준 바와 흡사한 지속적 의지와 끈질김을 가지고 하나의 동일한 작품으로 인한 긴장을 수년간 견디어 내며, 그 본래의 창작에 자신의 가장 원기왕성하고 가치 있는 시간을 전적으로 투

여했기 때문이다.

어떤 중요한 정신적 생산물이 즉각적으로 폭넓고 깊이 있는 영향을 미칠 수 있으려면, 저자 개인의 운명과 동시대 사람들의 일반적 운명 간에 어떤 은밀한 유사성 내지는 아예 일치점이 있어야 한다. 사람들은 왜 자기가 어떠한 예술작품에 명성을 부여하는지 알지 못한다. 전문 지식과는 매우 동떨어진 채, 그토록 많은 관심을 두게 된 것을 정당화시키기 위해 그들은 그 작품에서 수많은 장점을 발견할 수 있다고 믿는다. 그러나 그들이 갈채를 보내는 사실상의 이유는 측정할 수 없는 어떤 것, 즉 '공감'이다. 아셴바흐는 언젠가 거의 눈에 띄지 않는 대목에서 직접적으로 언급하길, 현존하는 거의 모든 위대한 것은 '그럼에도 불구하고'로서 존재하는 것이며, 근심과 고통, 빈곤, 고독, 신체적 병약함, 악덕, 열정과 수많은 장애에도 불구하고 이루어졌다는 것이다. 그런데 그것은 어떠한 소견을 넘어서서 일종의 체험이었으며, 바로 그의 삶과 명성의 공식이었고, 그의 작품을 여는 열쇠였다. 그러니 그것이 또한 그야말로 독특한 그의 인물들의 도덕적 특성도 되고 외형적 행동도 된다 한들 무슨 이상할 것이 있겠는가?

이 작가가 선호하고, 다양한 개성으로 거듭 새롭게 등장하는 영웅 유형에 대해서는 이미 일찍이 한 현명한 비평가가 글을 쓴 바 있는데, 즉 그는 "칼과 창이 몸속을 뚫고 들어오는 순간에도 당당한 수치심 속에서 이를 악물고 조용히 서 있는” “이지적이고 젊은이다운 남성성”의 구상이라는 것이었다. 그 분석은 얼핏 보아 지나치게 소극적인 인상을 주는 것 같지만, 아름답고 재치 있으며 정확한 것이었다. 왜냐하면 운명을 대하는 자세, 고통 속에서 지키는 품위는 단지 인내만을 뜻하지는 않기 때문이다. 그것은 일종의 능동적인 업적이요, 긍정적인 승리이다. 그리고 성 세바스치안의 모습은 예술 전체는 아니더라도 최소한 지금 화제가 되고 있는 예술 작품 중에서는 가장 아름다운 상징이다. 이 이야기의 세계 속을 들여다볼 때 알 수 있는 것은, 마지막 순간까지 내면의 공허와 신체적 쇠락을 세상 사람들의 눈앞에서 감추는 우아한 자기 통제이며, 타오르는 욕정을 순수한 불꽃으로 지필 수 있는, 심지어 아름다움의 왕국의 지배자로 부상할 수도 있는 그 누르스름하고 무감각해진 추악함이고, 작열하는 정신의 심연에서 힘을 가져와 십자가의 발밑에 모인 오만방자한 모든 대중을 그 발밑에 꿇어앉히는 창백한 무기력이다. 그것은 형식에 대해 공허한 줄 알면서도 엄격하게 봉사하는 호의적인 태도이다. 그것은 또한 그릇되고 위험천만한 삶이고, 타고난 사기꾼의 신경을 급속히 소모시키는 동경이며 예술이다. 이 모든 운명과 또 그와 같은 많은 것들을 살펴보면, 나약함의 영웅주의 말고는 어떤 다른 영웅주의란 게 대체 있기라도 하는 건지 의심스러워질 수 있을 것이다. 그러나 어쨌든 어떠한 영웅 정신이 이보다 더 시대에 맞겠는가? 구스타프 아셴바흐는 거의 탈진상태에서 일하는 모든 사람들, 과중한 부담에 허덕이고 있는 사람들, 벌써 기진맥진한 사람들, 아직은 꼿꼿이 자신을 지탱하고 있는 사람들, 신체적으로 허약하고 경제적으로 넉넉하지 못한 와중에도 극도의 의지와 현명한 자기 관리를 통해 최소한 얼마 동안은 그 위대함의 영향을 끼치는 업적의 도덕가들의 작가였다. 그들의 수는 많으며, 그들 시대의 영웅들이다. 그리고 그들 모두는 그의 작품 속에서 다시금 자신을 인식했고, 그 안에서 자신이 인정받고 드높여지며 예찬되고 있음을 알았다. 그들은 그에게 감사했고, 그의 이름을 널리 알렸다.

그는 젊었으며 시대와 더불어 거칠었고, 시대에 잘못 휩쓸려 공적 생활에서 걸려 넘어졌으며, 실수를 저질렀고, 약점을 드러냈으며, 말과 작품 속에서 예의와 분별에 어긋나는 과실을 범했다. 그렇지만 그는 품위를 획득해 놓았는데, 모든 위대한 재능에는 품위를 향한 어떤 자연스러운 충동과 자극이 선천적으로 주어져 있다는 그의 주장에 따르면, 그야말로 그의 모든 발전은 회의와 반어라는 온갖 장애물을 뒤로 한 채 품위를 향한 의식적이고 반항적인 상승의 도정이었다고 말할 수 있다.

생생하고 정신적으로 구애받지 않는 명확한 형상화는 시민층 대중을 즐겁게 할 수 있다. 그러나 무한히 정열적인 청춘은 그저 문제적인 것을 통해서만 사로잡을 수 있는 것이다. 말하자면, 아셴바흐는 문제성을 지니고 있었는데, 그 여느 청년들과 마찬가지로 절대성을 추구했다. 그는 정신에 몰두했으며 지나치게 인식을 파고들었고, 씨앗의 열매는 짓찧고, 비밀을 누설하고, 재능을 의심하며, 예술을 배반했다. ―사실, 그의 조각품이 신뢰하며 향유하는 자들을 즐겁게 하고 고양시키며 생기를 부여하는 반면, 젊은 예술가인 그는 예술, 예술가 정신의 회의적인 본질에 대한 그의 냉소주의 때문에 이십 대 청년들이 마음을 졸이기까지 하였다.

그러나 고귀하고 유능한 정신은 그 어떤 것보다도 인식의 예리하고 신랄한 자극에 대해 가장 급격하고 철저하게 둔감해지는 것 같다. 그리고 확실한 것은, 우울할 정도로 지극히 양심적인 청년기의 철저함은, 그것이 의지나 행위, 감정 그리고 심지어는 열정까지 조금이라도 마비시키고 기를 꺾거나 품위를 손상시키려는 경향이 있는 한, 지식을 부인하고 거부하며 고개를 치켜든 채 그것을 지나쳐 버리는, 대가가 된 남자의 심오한 결의와 비교해 볼 때 피상적이라는 것이다. 그 유명한 이야기 〈가련한 사람〉을 시대의 음란한 심리주의에 대한 혐오감의 폭발 아니면 어떻게 달리 해석하겠는가? 그 인물은 무기력과 패륜, 윤리적 변덕으로 인해 자기 아내를 어느 애송이의 품으로 떠다밀고, 마음 깊숙이에서 비열한 짓을 저질러도 된다고 믿으면서 운명을 속여 먹는 저 연약하고 어리석은 반 악당 같은 모습으

로 형상화되었다. 여기에서 비난받는 자가 배척당하는 데 사용
된 언어의 무게는 모든 윤리적 의혹감으로부터의, 타락에 대한
모든 동조로부터의 결별이고, 모든 것을 이해하는 것은 모든 것
을 용서한다는 동정적 문구의 느슨함을 거부하는 것이다. 그리
고 여기서 미리 예비되었던 것, 실은 이미 실행된 것은 저 '다시
탄생한 자유분방함의 기적'이었는데, 이에 대해서는 얼마 후에
이 작가와의 대화에서 분명하고도 매우 은밀하게 강조되는 가
운데 언급이 되었다. 묘한 연관성이 아닌가! 바로 같은 시점에
사람들이 아름다움에 대한 그의 감각이 지나치다 싶을 정도로
강화되었음을 보게 되고, 형식 부여에 있어서 그의 창작물들이
이제부터 대가성과 고전성이라는 그토록 명백하고 심지어 의
도된 특징을 띠게 한 저 고귀한 순수성과 단순성 그리고 균등
성을 보게 된 것은 "다시 탄생함"의 이 새로운 품위와 엄격함
의 정신적 결과가 아니겠는가? 그러나 지식의 저편의, 해체시
키고 저지하는 인식 저편의 도덕적 단호함, — 그것은 다시금
세계와 영혼을 단순화시키고 윤리적으로 획일화시켜, 그로써
사악한 것, 금지된 것, 윤리적으로 불가능한 것에 대한 강화를
또한 의미하는 것 아닐까? 그리고 형식이란 두 가지 얼굴을 가
지고 있는 것이 아닐까? 그것은 윤리적이면서 동시에 비윤리적
이지 않는가? — 형식은 훈육의 결과와 표현으로서는 윤리적이
며, 그러나 그것이 원래 어떠한 도덕적 냉담성을 내포하고 있는

한, 심지어 본질적으로는 도덕적인 것을 자신의 오만하고 무제한적인 지배하에 굴복시키고자 애를 쓰는 한, 형식은 비윤리적이며 반윤리적이기까지 한 것이 아닐까?

그야 어찌 되었든! 발전이라는 것은 운명이다. 그런데 폭넓은 공중(公衆)의 관심, 대중적 신뢰를 동반한 발전이 명성의 찬연함과 그에 따른 책무감 없이 이루어지는 발전과는 다른 모습으로 진행되지 않겠는가? 위대한 재능의 소유자가 자유분방한 애송이 상태에서 벗어나서 정신의 품위를 명확히 인지하는 데 익숙해지고, 고독이라는 고상한 예의범절을 받아들일 때, 영원한 집시 기질을 가진 인간들만이 이를 따분하게 여기고 비웃으려 들 것이다. 그러한 고독은 의논할 상대 하나 없이 혹독하게 홀로 맞서야 하는 고통과 투쟁으로 가득하고, 사람들 가운데서는 그러한 것이 권력과 명예가 되게끔 한다. 그 밖에도 재능의 소유자가 자기를 형성해 나가는 데에는 얼마나 많은 유희와 반항, 즐거움이 있어야 하는지! 시간이 흐르면서 구스타프 아셴바흐가 내놓은 글에는 다소 관료적이고 ─ 교육적인 면이 들어섰으며, 후기에 그의 문체는 직접적인 대담성과 미묘하고도 신선한 음영에서 벗어나, 모범이 될 만하고 ─ 고정적인 것, 잘 다듬어지고 ─ 관습적인 것, 보존적인 것, 형식적인 것, 심지어는 상투적인 것으로 변했다. 그리고 루이 14세가 그랬다고 전해오는 것처럼, 나이가 들어가는 그 작가는 자신의 어법에서 모든 저속한 말을 추방해 버렸다. 당시 교육 당국은 그의 작품 중 몇 쪽을 선별하여 학교-필독서에 신기까지 했다. 그는 마음속으로 이 일을 당연한 것으로 여겼으며, 막 왕위에 오른 한 독일 군주가 '프리드리히 대왕'의 작가에게 그의 50세 생일을 기념하여 귀족 작위를 수여하자, 이를 거절하지 않았다.

몇 년 동안 거처를 정하지 않고 불안정하게 여기저기 살아본 후, 그는 일찍이 뮌헨을 영구 주거지로 선택했고, 그곳에서 정신에 종사하는 인물에게는 특별히 예외적인 경우에만 주어지는 그러한 명예로운 시민 계급의 신분으로 살았다. 그가 아직 젊었을 때 학자 집안 출신 처녀와 했던 결혼은 짧은 행복의 시간이 지난 뒤 아내의 죽음으로 인해 끝나고 말았다. 그에게는 이미 결혼한 딸 한 명이 남아 있었다. 아들은 한 번도 가져본 적이 없었다.

구스타프 폰 아셴바흐는 중키가 좀 못 되었으며, 갈색 머리였고 말끔히 면도를 하고 있었다. 머리는 아담한 쪽에 가까운 그의 체격에 비해 좀 지나치게 큰 듯했다. 뒤로 빗어넘긴 머리칼은 정수리에서는 성깃하지만 관자놀이에서는 매우 숱이 많고 심하게 세어 있었는데, 주름이 깊게 파여 흡사 흉이 진 것처럼 보이는 높은 이마를 감싸고 있었다. 테 없는 안경알을 끼운 금색 안경의 코 받침은 고상하게 생긴 뭉툭한 코의 뿌리 부분에 깊이 박혀 있었다. 입은 컸는데, 자주 축 늘어져 있다가, 갑자기

좁게 오므라들며 긴장하기도 했다. 뺨은 여위고 패여 있었으며, 잘생긴 턱은 부드럽게 나뉘어져 있었다. 중대한 운명의 순간들은 대개 고뇌에 잠겨 옆으로 기울어져 있는 이 얼굴 위로는 그냥 지나쳐 가버린 듯이 보였다. 보통은 힘들고 파란만장한 삶이라는 역작이 사람의 관상을 만들지만, 그의 경우에는 예술이 그런 역할을 맡아 했다. 이 이마 뒤에서 볼테르와 프리드리히 대왕 사이의 전쟁에 대한 재기가 번뜩이는 문답들이 생겨났고, 안경알 너머로 피곤하면서도 깊게 바라보는 이 두 눈은 7년 전쟁 당시 야전병원의 피비린내 나는 지옥을 보았던 것이다. 개인적으로도 예술은 정말이지 일종의 고양된 삶이다. 예술은 사람에게 더욱 깊이 행복을 느끼게도 하지만, 더욱 급격히 사람을 소모시키기기도 한다. 예술은 그것에 복무하는 사람의 얼굴에 공상적이고 정신적인 모험의 흔적을 새긴다. 그래서 외적 삶이 수도원에서처럼 고요하게 영위된다 하더라도, 예술은 완전히 무절제한 격정과 향락에 빠진 그 어떤 삶이라 해도 불러일으키지 못할 악습과 지나친 민감성, 신경의 피로와 호기심을 지속적으로 만들어내는 것이다.

## 제3장

세상사와 문학에 관련된 여러 일 때문에, 그를 여행 욕구에 사로잡히게 한 그날의 산책 후에도 그는 2주 정도 더 뮌헨에 머물러 있어야 했다. 마침내 그는 4주 안에 들어갈 수 있도록 자신의 시골별장을 준비해 두라고 지시했다. 그리고 5월 중순과 말 사이의 어느 날 야간열차를 타고 트리에스트로 떠났고, 그곳에서 그는 24시간만 머물고 바로 다음 날 아침 폴라로 가는 배에 올랐다.

그가 찾는 것은 이색적이고 모든 관련성에서 벗어난 것, 그러면서도 빨리 도달할 수 있는 것이어야 했다. 그래서 그는 몇 년 전부터 유명해진 아드리아해의 어떤 섬에 숙소를 잡았다. 이스트리아 해안에서 멀리 떨어지지 않은 그곳에는 색색의 누더기옷을 입고 완전히 낯선 소리로 말을 하는 시골 사람들이 살고 있으며, 바다가 탁 트인 곳에는 아름답게 갈라진 절벽지형이 있었다. 그러나 비와 무거운 공기, 호텔 내 오스트리아인들의 소시민적이고 폐쇄적인 사교 모임, 부드러운 모래 해변만이 줄 수 있는 바다와의 평온하고 내밀한 관계의 결핍은 그를 불쾌하게 만들었으며, 자기가 정한 원칙에 맞는 장소를 찾았다는 생각이 들지 못하게 했다. 그의 내면의 흐름은 아직 어디로 가야 할지 분명치 않은 그를 불안하게 했다. 그는 연결 배편을 알아보고 이리저리 찾으며 둘러보고 있었다. 그런데 불현듯, 놀랍고도 동시에 자명하게, 그의 눈앞에 자신의 목적지가 보이는 것이었다. 비할 데 없는 곳, 동화처럼 현실에서 벗어난 곳에 하룻밤 사이에 이르길 원한다면 어디로 갈 것인가? 그것은 분명했다. 그런데 그는 여기서 무얼 하고 있단 말인가? 그는 길을 잘못 들었다. 가려고 했던 곳은 바로 그곳이었던 것이다. 그는 잘못 택한 숙소를 지체하지 않고 취소했다. 이 섬에 도착한 지 일주일 반이나 지난 뒤, 어느 안개 낀 아침 일찍 날쌘 모터보트 한 대가 그와 그의 짐을 바다 건너 군항에 다시 데려다주었다. 곧바로 잔교(棧橋)를 건너서, 증기를 뿜으며 베네치아로 떠날 채비를 하고 있는 선박의 축축한 갑판에 오르기 위할 때 말고는 그는 육지에 발을 디딜 틈도 없었다.

그 배는 이탈리아 국적의 노후한 선박으로, 허름하고 검게 그을렸으며 우중충했다. 동굴 같은 내부 선실에는 인공 조명이 되어 있었는데, 아셴바흐가 배에 오르자마자 꾀죄죄한 곱사등이 선원이 비죽거리면서 예를 갖추고 그를 그곳으로 안내했다. 선실 책상 뒤에는 모자를 삐딱하게 이마에 걸치고 담배꽁초를 입 가장자리에 물고 있는 한물간 곡마단장 관상의 염소수염 사내가 앉아서, 인상을 찌푸리고는 경박한 사무적인 태도로 여행객들의 인적 사항을 기록하고 승선권을 발급하고 있었다. "베네치아 행!" 그는 팔을 뻗어 기울어진 잉크병 안에 얼마 남지 않은 걸쭉한 내용물에 펜을 꽂으며 아셴바흐의 요청을 반복했다. "베네치아 행 1등실! 알겠습니다, 선생님." 그러고는 커다랗게 휘갈겨 쓰고 작은 통에서 파란색 모래를 꺼내 그 글씨 위에 뿌린 뒤, 모래를 도자기 접시 안에 떨어뜨린 뒤, 뼈마디가 굵은 누런 손가락으로 종이를 접고 다시 글씨를 썼다. "여행지 선택을 잘하셨습니다!" 일을 처리하면서 그는 지껄였다. "아, 베네치아라! 멋진 도시죠! 교양인들에게는 거부할 수 없는 매력이 있는 곳이에요. 역사로 보나 현재의 아름다움으로 보나요." 그러면서 그가 하는 매끄럽고 신속한 동작과 빈말은 뭔가 사람을 홀려 딴 데다 정신을 팔게 하는 무엇이 있었다. 마치 여행자가 베네치아로 떠나려는 결심에서 아직 흔들릴까 하여 염려라도 되어서 하는 것처럼 말이다. 그는 잽싸게 요금을 받아 수납하고 거스름돈을 도박장 직원 같은 기민한 동작으로 얼룩진 테이블보 위에 떨어뜨렸다. "즐겁게 여행하십시오, 선생님!"이라고 말하며 그는 연극배우처럼 허리를 굽혀 인사했다. "모시게 되어 영광입니다…… 손님 여러분!" 더 이상 승선 처리를 바라는 사람이 아무도 없음에도 불구하고 그는 즉시 팔을 들고 소리를 치며 사업이 잘 굴러가고 있는 것처럼 행동했다. 아셴바흐는 다시 갑판으로 되돌아 왔다.

그는 한쪽 팔을 난간에 기댄 채 배가 떠나는 것을 지켜보려고 부둣가에서 하릴없이 어슬렁거리는 사람들과 배 위의 승객

들을 바라보았다. 2등실의 승객들은, 남자고 여자고 할 것 없이,
상자와 보따리를 자리 삼아서 갑판 위에 웅크리고 있었다. 한
무리의 젊은이들이 제1갑판 위에서 단체여행객을 이루고 있었
는데, 보아하니 폴라 시의 어느 무역회사 종업원들인 것 같았
고, 이탈리아 소풍을 간다고 기분이 들떠서 모여 있었다. 이들
은 자기들 얘기와 회사 이야기로 적잖이 소란을 피우고 있었는
데, 수다를 떨거나 깔깔대며 웃기도 하고 으스대면서 몸짓 놀
이를 즐겼다. 또 이들은 난간 너머로 몸을 굽힌 채, 서류 가방을
팔에 끼고 하펜슈트라세를 따라 가다가 놀러 가는 자기들을 지
팡이로 위협하는 회사 동료들을 향해 막힘 없이 조롱의 말을 외
쳐대었다. 유행을 따라 과하게 재단이 된 밝은 노란색 여름 양
복에 빨간 넥타이를 매고 대담하게 접어 올린 파나마모자를 쓴
채 누구보다도 신이 나서 새된 소리를 질러대는 한 남자가 눈에
띄었다. 그런데 그를 조금 더 자세히 본 순간 아셴바흐는 그 젊
은이가 가짜라는 사실을 알고는 일종의 경악감에 사로잡혔다.
그는 늙은이였다. 그것은 의심의 여지가 없었다. 눈과 입 주위
는 주름이 둘러싸고 있었다. 두 뺨의 탁한 홍조는 화장한 것이
었고, 화려한 색의 테를 두른 밀짚모자 밑 갈색 머리는 가발이
었다. 그의 목은 늘어져 있고, 불거진 힘줄이 나와 있었으며, 치
켜세운 콧수염과 턱의 파리수염은 염색한 것이고, 웃을 때 보이
는 꽉 찬 누런 치아는 싸구려 의치였다. 양쪽 집게손가락에 인

장 반지를 끼고 있는 그의 손은 노인의 손이었다. 섬뜩한 기분으로 아셴바흐는 그 남자가 그의 친구들과 어울리는 모습을 바라보았다. 그의 친구들은 그가 늙은이라는 것, 그가 부당하게도 젊은이들의 현란한 멋쟁이 옷을 입고, 되지 않게도 자기들의 일행인 척하고 있다는 사실을 알지도, 눈치채지도 못한 것일까? 겉으로 보기에 당연하고 익숙하게 그들은 그 남자가 자기들 사이에 끼는 것을 용납하고, 그를 자기들 또래로 대하면서 장난으로 옆구리를 찔러도 아무런 거부감 없이 맞대응했다. 어떻게 저럴 수 있을까? 아셴바흐는 한 손으로 이마를 가리고 잠을 거의 못 자서 화끈거리는 두 눈을 감았다. 그에게는 모든 것이 평상시처럼 온전히 돌아가지 않는 것처럼 보였고, 꿈꾸는 것처럼 낯설어지는 느낌, 세상이 이상한 모습으로 왜곡되는 느낌이 엄습하기 시작하는 것 같았다. 얼굴을 약간 가리고 다시 주변을 바라보면 아마 이런 느낌을 멈추게 할 수도 있을 것 같았다. 그러나 그 순간 그는 헤엄치는 듯한 기분이 들었는데, 이성을 잃을 정도로 깜짝 놀라 위를 쳐다보고서야 그는 육중하고 음산한 선체가 부두의 벽에서 천천히 분리되고 있음을 알아차렸다. 배가 앞뒤로 움직이자 지저분하게 어른거리는 물결이 선체와 부두 사이에서 조금씩 조금씩 퍼져나갔다. 둔중하게 방향을 돌린 후 배는 탁 트인 바다 쪽으로 돛대를 틀었다. 아셴바흐는 배의 우현(右舷) 쪽으로 건너갔다. 거기서 곱사등이 선원은 그를 위해 접이식 의자를 펴두고 있었고, 얼룩진 연미복을 입은 승무원은 그에게 시킬 것은 없는지 물었다.

하늘은 잿빛이고, 바람은 습기를 머금고 있었다. 항구와 섬들이 뒤로 멀어지더니, 육지의 모든 것이 흐릿한 시계(視界)에서 급속히 사라졌다. 습기로 부풀어 오른 석탄 분진 덩어리들이 물청소를 한 갑판 위에 내려 앉았는데, 이 갑판은 도무지 마를 것 같지가 않았다. 비가 내리기 시작하는 바람에 한 시간이 지나자 벌써 차일(遮日)이 드리워졌다.

외투를 여미고 책을 무릎에 올려놓은 채 그 여행자는 휴식을 취했다. 언제 지났는지도 모르게 여러 시간이 지나 있었다. 비는 그쳐 있었고, 마직포 지붕은 걷혀 있었다. 수평선이 완전하게 보였다. 흐릿한 하늘 반구(半球) 아래 황량한 바다의 거대한 원반이 빙 둘러 펼쳐져 있었다. 아무런 경계가 없는 텅 빈 공간에서는 시간을 재는 우리의 감각도 상실되어, 우리는 측정할 수 없는 상태에서 몽롱한 상태가 되기 마련이다. 그림자같이 이상한 형상들, 늙은 멋쟁이, 선실 안에서 나온 염소수염 사내가 알 수 없는 몸짓과 혼란스러운 잠꼬대 같은 소리를 하면서, 휴식을 취하고 있는 사람의 정신 속으로 침투해 들어갔다. 그러다 그는 잠이 들었다.

정오에 간단한 식사를 하러 오라는 전갈을 받고 그는 선실 침실문들과 연결된, 복도처럼 생긴 식당으로 내려갔다. 그는 앞

쪽 상석에서 식사했는데, 그 긴 식탁의 끄트머리에서는 그 늙은
이를 포함한 상점 종업원들이 쾌활한 선장과 함께 10시부터 술
판을 벌이고 있었다. 음식은 빈약했고, 그는 식사를 빨리 마쳤
다. 베네치아는 혹여 날이 개이지 않을까 해서 하늘을 보려고
빨리 밖으로 나오고 싶었기 때문이다.

그는 꼭 그래야 한다는 것말고 다른 생각은 하지 않았는데,
이 도시는 항상 빛나는 광채 속에서 그를 맞이해 주었기 때문
이다. 그러나 하늘과 바다는 납빛으로 흐린 그대로였고, 간간이
안개 같은 비가 내렸다. 그것을 보고 그는 수로로 가면 육로로
접근할 때 만나게 되는 것과는 다른 베네치아에 이르나보다 하
고 생각했다. 그는 뱃머리 앞 돛대 곁에 서서 시선을 먼 곳에 둔
채 육지가 나타나기를 기다렸다. 그는 이전에 꿈에 그리던 궁륭
과 종탑들이 이 물속에서 자신에게 솟아올랐다고 했던 우울하
고 열광적인 시인을 기억해 내고, 당시 경외심, 행복과 슬픔에
젖어 알맞은 노래가 된 것 중 몇 곡을 조용히 되뇌었다. 그리고
이미 시로 형상화된 감정에 쉽게 감동되어 그는 새로운 열광과
혼란, 감정의 뒤늦은 모험이 지금 여행하고 있는 무위도식자에
게도 혹여 아직 남아 있을 것인가, 하고 자신의 진지하고 피곤
한 마음을 살펴보았다.

이때 평평한 해안이 오른쪽에서 모습을 드러냈고, 바다는
어선들로 활기를 띠고 있었다. 해수욕장이 펼쳐진 섬이 나타

났고, 증기선은 그 섬을 왼쪽에 두고 서서히 속도를 줄여 섬 이름을 딴 좁은 항구로 미끄러져 들어갔다. 그리고 알록달록하고 초라하게 보이는 집들을 마주 보고 배가 석호에서 완전히 멈추었다. 보건당국의 작은 범선이 오기로 되어 있었기 때문이다.

한 시간이 지나서야 그 배가 나타났다. 사람들은 도착을 했는데도 도착한 게 아니었던 것이다. 그들은 전혀 급할 게 없었지만 초조해 하고 있었다. 공원들이 있는 지역에서 물 건너 울려오는 군대의 나팔 소리에도 애국심이 고취되었는지 풀라 시의 젊은이들이 갑판 위로 나왔고, 아스티 산(産) 포도주에 취해, 건너편에서 훈련 중인 이탈리아 저격병들을 향해 만세를 불렀다. 하지만 그런 상황에서 멋을 잔뜩 부린 노인이 젊은이들과 꼴사납게 어울리는 모습은 보기 역겨웠다. 그의 노쇠한 뇌는 건장한 젊은이들만큼 포도주를 배겨낼 수 없었는지 딱할 정도로 취해 있었다. 눈에는 초점이 없었고 덜덜 떠는 손가락 사이에 담배를 끼고 노인은 균형을 잡으려 애쓰면서 앞뒤로 비틀거렸다. 그는 첫발을 떼면 넘어질까 봐 감히 그 자리에서 움직이지 못하고 있었다. 그런데도 보기 딱할 정도로 들떠 있었다. 그는 다가오는 모든 사람의 옷 단추를 붙잡고 혀 꼬부라진 소리로 웅얼거리면서 눈짓하며 낄낄거렸고, 반지가 끼어 있는 주름진 집게손가락을 치켜세우면서 유치한 농담을 하며 혐오스러우리만치 외설스럽게 혀끝으로 입가를 핥아대었다. 아셴바흐는 눈

썹을 찌푸린 채 바라보았다. 그러자 다시금 몽롱한 기분에 사로
잡혀, 마치 세상이 가볍지만 어떻게 제어할 수 없이, 기이하고
일그러진 모습으로 왜곡되는 경향을 보이는 것 같았다. 그런데
주변 상황이 그러한 감정에 계속 빠져 들어가지 못하게 했는데,
때마침 배의 엔진이 다시금 증기를 내뿜기 시작했고, 배가 그렇
게나 목적지를 코앞에 둔 채 중단했던 항해를 다시 시작하면서
산 마르코 운하를 통과하고 있었기 때문이다.

그리하여 아셴바흐는 다시금 그 놀랍기 그지없는 선착장
을, 가까이 다가오는 항해자들의 경외심으로 가득 찬 시선에 공
화국이 마주 보여주는 환상적인 건축물의 그 눈부신 구조물들
을 보았는데, 궁전의 경쾌한 웅장함과 탄식의 다리, 사자와 성
인 상이 새겨진 물가의 기둥들, 동화 속 같은 사원의 화려하게
튀어나온 측면이 보였고, 성문과 거대한 시계탑도 한눈에 들어
왔다. 그는 이러한 광경들을 둘러보며 육로로, 말하자면 기차를
타고 베네치아에 도착하는 것은 뒷문을 통과해 궁전에 들어가
는 것과 같으며, 바로 지금처럼 배를 타고 물결이 높이 이는 바
다를 건너와야만 이 도시의 전혀 예기치 못한 광경을 볼 수 있
는 거로구나, 하고 생각했다.

엔진이 멈추자 곤돌라들이 몰려들었다. 트랩이 내려지자
세관원들이 갑판에 올라와 그들의 임무를 대충 끝내니, 곧 하
선이 시작될 수 있었다. 아셴바흐는 도시와 리도 사이를 왕래

하는 소형 증기선 선착장까지 자신과 짐을 실어다 줄 곤돌라가
필요하다는 뜻을 내비쳤다. 바닷가에 숙소를 잡으려 생각했기
때문이다. 사람들은 그의 계획에 동조하며 저 아래 수면 쪽으
로 그의 뜻을 소리쳐 전한다. 그곳에서는 곤돌라 사공들이 사
투리를 써가며 서로 말다툼을 벌이고 있다. 아셴바흐는 아직도
내려가는 데 방해를 받고 있는데, 사다리 모양의 계단 아래로
그의 트렁크를 잡아당겨 끌고 가기가 정말 힘든 것이다. 그래
서 그는 소름끼치는 늙은이가 술에 취해 우중충하게도 낯선 사
람에게 정중히 작별 인사를 하고 넉살 좋게 치근대는 꼴을 몇
분 동안 지켜볼 수밖에 없었다. "머무르시는 동안 더없이 행복
하시기 바랍니다" 하고 그는 한 발을 뒤로 빼고 염소 울음소리
로 말했다. "좋은 추억거리도 만드시고요! 실례가 많았습니다.
안녕히 가십시오, 선생님!" 그의 입에서 침이 흘러나왔고, 그는
두 눈을 감으며 혀로 입가를 핥았다. 늙어빠진 입술 아래에는
염색한 파리수염이 뻣뻣이 곤두서 있었다. "우리의 찬사를", 하
며 노인은 두 손가락 끝을 입에 대고 혀꼬부라진 소리로 흥얼거
렸다. "우리의 찬사를 사랑스러운 이에게, 가장 사랑스럽고 가
장 아름다운 이에게……" 그때 갑자기 그의 턱에서 위쪽 틀니
가 빠져 아랫입술로 떨어졌다. 아셴바흐는 그 자리를 피할 수
있었다. 그는 "사랑스러운 이에게, 멋진 연인에게", 하고 가래
낀 목소리로 공허하고 불분명하게 속삭이는 소리를 등 뒤로 들

으면서, 밧줄로 된 난간을 붙잡고서 현문 사다리를 내려갔다.

베네치아의 곤돌라를 처음 타거나 아주 오랜만에 타게 될 때 순간적인 전율, 남모르는 두려움이나 불안함과 싸우지 않아도 될 사람이 누가 있으랴! 담시(譚詩)가 유행하던 시절부터 전혀 변하지 않고 전해 내려온 그 기이한 배는 그야말로 새까만 색이어서, 다른 모든 배들 가운데 섞여 있으면 그냥 관처럼 보인다. — 그것은 물결이 찰랑거리는 밤에 소리 없이 범죄를 저지르는 모험을 연상시키며, 더 나아가 죽음 자체, 관과 음울한 장례, 마지막 떠나는 침묵의 여행을 연상시킨다. 그런데 그러한 작은 배의 좌석, 즉 관처럼 검은 라커칠을 하고 흐릿한 검은색 쿠션을 입힌 팔걸이 의자가 이 세상에서 가장 부드럽고, 가장 호화스러우며, 가장 푹신한 좌석이라는 것을 사람들은 알아차리기나 했을까? 아셴바흐는 뱃머리에 가지런히 놓아둔 자기 짐 맞은편, 곤돌라 사공의 발치에 앉았을 때 그것을 깨달았다. 노 젓는 사공들은 거칠고 이해할 수 없는 말로 위협적인 몸짓을 하며 여전히 실랑이를 벌이고 있었다. 하지만 수상 도시의 특유한 고요함이 그들의 목소리를 부드럽게 받아들이고 해체시켜서 바다 물결 너머로 흩뿌리는 듯했다. 이곳 항구는 따뜻했다. 시로코 바람에 의해 훈훈하게 접촉된 채, 부드러운 쿠션의자에 몸을 기대고 이 여행자는 두 눈을 감고 익숙하지 않으면서도 감미로운 태만을 향유하고 있었다. 배 타는 시간이 짧을

것이다, 하고 그는 생각했다. 이 시간이 영원히 지속되었으면
좋으련만! 배가 살며시 흔들리는 가운데 그는 북적대는 사람
들과 웅성거리는 소리로부터 점점 멀어져가고 있음을 느꼈다.

그의 주위는 얼마나 고요했고, 얼마나 더 고요해져 갔던가!
노를 저을 때의 찰싹거리는 소리, 뱃머리를 때리고 부서지는 공
허한 파도 소리 외에는 아무 소리도 들리지 않았다. 가파르게
경사진 까만 뱃머리는 끄트머리에 중세의 창 모양으로 무장하
고 물 위에 떠 있었다. 그 밖에 나는 세 번째 소리는 말소리, 중
얼거리는 소리였는데, — 그것은 곤돌라 사공이 팔을 움직임에
따라 그의 이빨 사이로 간헐적으로 어쩔 수 없이 새어나온 소
리로, 그가 혼잣말로 하는 속삭임 같은 것이었다. 아셴바흐는
위를 올려다 보았는데, 주변의 석호가 넓게 펼쳐져 있었고, 배
가 탁 트인 바다를 향해 나아가고 있다는 걸 깨닫고 좀 어리둥
절한 기분이 들었다. 그래서 너무 편안히 쉬고 있을 것이 아니
라, 자신의 뜻을 관철시키는 데에도 좀 신경 써야 할 것 같았다.

"그러니까 증기선 정거장으로 갑시다." 하고 그는 몸을 반
쯤 뒤로 돌리면서 말했다. 중얼거리는 소리가 멈추었다. 아셴바
흐는 아무런 대답을 듣지 못했다.

"그러니까 증기선 정거장으로 갑시다!" 그는 몸을 완전히
돌리면서 사공의 얼굴을 올려다보며 되풀이해서 말했다. 사공
은 아셴바흐 뒤에서 높은 뱃전에 선 채 흐릿한 하늘 앞에 우뚝

솟은 모습을 하고 있었다. 그는 무뚝뚝하고 정말로 험악한 인상의 남자였다. 뱃사람 특유의 푸른색 옷을 입었고, 노란색의 어깨띠를 두르고, 머리에는 올이 풀리기 시작한 볼품없는 밀짚 모자를 파렴치할 정도로 삐딱하게 쓰고 있었다. 얼굴 생김새나 뭉툭하게 위로 들린 코 아래의 곱슬곱슬한 금빛 수염은 그를 전혀 이탈리아 사람처럼 보이게 하지 않았다. 체격이 왜소한 편이어서 사공 일을 하기에는 그다지 적합하지 못할 거라 생각할 수도 있겠지만, 그는 노를 저을 때마다 온 몸을 다해 몹시 힘차게 저었다. 그는 힘이 들어서 몇 번인가 입술을 뒤로 끌어당겨 허연 이빨을 드러내었다. 불그스름한 눈썹을 찌푸리면서 그는 손님을 건너다보며 단호하고 무뢰하다시피한 어투로 대꾸했다.

"리도로 가신다고 했잖습니까."

아셴바흐가 대답했다.

"물론이오. 하지만 나는 산 마르코로 건너가려고 곤돌라를 탔을 뿐이오. 거기서 바포레토[06]를 이용할 생각이오."

"바포레토를 이용할 수 없습니다, 선생님."

"아니, 왜요?"

"바포레토는 짐을 나르지 않기 때문입니다."

그건 맞는 말이었다. 아셴바흐는 기억이 났다. 그는 입을 다

---

물었다. 그러나 낯선 사람을 대할 때 베네치아에서 흔히 볼 수 없을 정도로 쌀쌀맞고 불손한 그 사람의 태도는 참기 어려울 것 같았다. 그가 이렇게 말했다.

"그건 내 문제요. 어디에든 짐을 맡길 테니 되돌아가 주시오."

침묵이 흘렀다. 노젓는 소리가 찰싹거렸고, 바닷물은 둔탁하게 뱃머리를 때렸다. 그리고 중얼거리는 말소리가 다시 시작되었는데, 곤돌라 사공이 이빨 사이로 혼잣말하고 있었던 것이다.

무엇을 할 수 있을까? 유별나게 말을 듣지 않고 엄청나게 고집이 센 사람과 물 위에 단둘이 남게 된 여행객은 자기의 뜻을 관철시킬 방도를 찾지 못했다. 그건 그렇고, 벌컥 화를 내지 않았더라면, 그는 느긋하게 쉴 수 있었을 텐데! 곤돌라 항해가 오랫동안 한없이 지속되기를 바라지 않았던가! 일이 되어 가는 대로 내버려 두는 게 가장 현명했을 것이었고 무엇보다도 가장 마음 편안했을 것이었다. 나태함의 마력이 그의 자리에서, 이 낮은 검정 쿠션 팔걸이 의자에서 흘러나오는 것 같았고, 그의 뒤에서 사공이 고집스러운 노를 저을 때마다 의자가 부드럽게 흔들리고 있었다. 범죄자의 손아귀에 빠져들었다는 생각이 몽롱하게 아셴바흐의 감각을 스쳐 지나갔지만, — 자신의 생각을 행동으로 옮겨 저항할 엄두가 나지 않았다. 이 모든 것이 단순히 바가지를 씌우기 위한 것일 수 있다는 사실이 한층 더 불쾌한 일인 것 같았다. 그런 일은 미리 막아야 한다는 생각이 떠오르면서 동시에 일종의 의무감 혹은 자존심 같은 것이 그로 하여금 다시금 정신을 차릴 수 있게 했다. 아셴바흐는 물었다.

"뱃삯은 얼마를 받을 겁니까?"

곤돌라 사공이 그를 흘끗 넘겨보면서 대답했다.

"곧 지불하시게 되겠지요."

여기에 대해 무어라고 응수해야 할지 확실했다. 아셴바흐는 기계적으로 말했다.

"내가 원하지 않는 곳으로 태워다 주면 나는 한 푼도, 일체 한 푼도 지불하지 않겠소."

"리도로 가신다고 하지 않았습니까요."

"하지만 당신과 가지는 않겠소."

"제가 잘 모시고 가겠습니다."

이 말은 사실이지, 라고 생각하며 아셴바흐는 긴장을 풀었다. 그건 사실이지, 너는 나를 잘 태워다 줄 것이다. 네가 내 현금을 노리고 등 위에서 노를 내리쳐 나를 음부(陰府)의 세계로 보낸다 하더라도, 너는 나를 잘 태워다 준 게 되겠지.

하지만 그런 일은 일어나지 않았다. 심지어 길동무까지 나타났다, 남녀 떠돌이 악사들이 탄 작은 배가 나타났고, 이들은 기타와 만돌린 반주로 노래를 불렀다. 곤돌라 뱃전에다 자신들

의 배를 바짝 붙여 이득을 노리는 이국적인 노랫말로 물 위의
고요함을 채웠던 것이다. 아셴바흐는 이들이 내민 모자에 돈을
던져 주었다. 그러자 그들은 조용해졌고 거기서 떠나갔다. 그리
고 이따금 단편적으로 혼잣말하는 곤돌라 사공의 속삭이는 듯
한 소리가 다시 들려 왔다.

시내 쪽으로 가는 증기선의 꼬리 물살로 인해 배가 흔들리
면서도, 어쨌든 도착했다. 두 명의 시청 공무원이 뒷짐을 지고
석호 쪽을 바라보며 물가를 이리저리 거닐고 있었다. 아셴바
흐는 베네치아의 선착장마다 쇠갈고리를 갖고 대기하는 노인
의 부축을 받으며 발판을 딛고 곤돌라에서 내렸다. 그는 잔돈
이 부족해서 증기선 다리와 인접한 호텔로 건너가서 돈을 바꾸
어 사공에게 적절한 뱃삯을 지불하려 했다. 그는 호텔 로비에
서 일을 처리하고 돌아와서는, 자기의 짐이 부둣가에 있는 어
떤 수레 위에 실려 있는 것을 발견한다. 곤돌라와 사공은 사라
지고 없었다.

"그가 달아나버렸어요." 하고 쇠갈고리를 가진 노인이 말
했다. "나쁜 놈입니다. 면허가 없는 사람입니다, 선생님. 면허
증이 없는 유일한 놈입니다. 다른 사람들이 이곳에 전화했습니
다. 그놈은 사람들이 자기를 벼르고 있다는 것을 알아차렸나 봅
니다. 그러니 달아나 버린 거죠"

아셴바흐는 어깨를 으쓱했다.

"선생님께서는 공짜로 타고 오신 거죠", 노인은 이렇게 말하면서 모자를 내밀었다. 아셴바흐는 동전을 던져 넣어주었다. 그는 짐을 해수욕장 호텔로 가져가라고 지시하고, 수레를 따라 가로수길을 걸어갔다, 하얀 꽃이 만발한 가로수길 양쪽에는 음식점, 상점, 숙박업소들이 들어섰고, 길은 섬을 비스듬히 가로질러 해안 쪽으로 뻗어 있었다.

아셴바흐는 뒤쪽 정원 테라스를 통해 널찍한 호텔로 들어갔다. 그리고 대형 홀과 로비를 통과하여 사무실로 갔다. 예약해 두었기 때문에 그는 깍듯한 예우를 받았다. 작은 키의 지배인은 프랑스풍으로 재단된 프록코트를 입고 검은 콧수염을 길렀고, 아부하듯 작은 소리로 말하는 정중한 사람이었다. 지배인은 엘리베이터로 3층까지 동행해서 아셴바흐의 방을 안내해 주었다. 벚나무 가구가 비치된 아늑한 방은 진한 향기가 나는 꽃들로 장식되었고, 높은 창문들 밖으로 탁 트인 바다가 한눈에 들어왔다. 지배인이 돌아간 뒤 아셴바흐는 여러 창문 중에서 어느 한 창가로 다가갔다. 그의 뒤편에서 짐이 방 안으로 옮겨지는 동안 그는 인적이 드문 오후의 해변과 햇빛이 비치지 않는 바다를 바라보았다. 밀물 때였고, 바다는 나지막하게 펼쳐진 파도를 잔잔하고 고른 박자로 해안 쪽으로 밀어 보내고 있었다.

말이 없고 고독한 사람이 관찰한 내용과 맞닥뜨린 사건들은 사교적인 사람의 그것들보다 더 모호하면서도 더 강렬하다.

그런 사람의 생각은 더 무겁고 더 기이하며, 항상 슬픔의 징후가 있다. 그런 사람은 한 번의 눈길, 한 번의 웃음과 한 번의 의견교환으로 쉽게 떨쳐버릴 수 있을 법한 모습과 느낌들에 대해 지나치게 신경을 쓴다. 그것들은 침묵 속에서 깊어지고 의미심장하게 되어 체험과 모험이 되고 감정이 된다. 고독은 독창적인 것을, 과감하면서도 낯설게 하는 아름다움을, 시를 낳게 한다. 하지만 고독은 또한 거꾸로 된 것, 불균형적인 것, 부조리한 것과 금지된 것을 낳기도 한다. ― 그래서 이곳으로의 여행 도중에 본 현상들, 그러니까 사랑하는 자를 부르며 허튼소리를 지껄이던 그 멋 부린 볼썽사나운 노인, 뱃삯을 사취하려 한 그 무허가 곤돌라 사공이 아직까지도 여행자의 심기를 불안하게 만들었다. 이성적 사고에 어떤 어려움을 주거나, 사실 깊이 생각할 거리를 마련해 주는 것도 아니었는데, 그가 느끼기에 그것들은 그 자체로 몹시 기이한 면이 있는 듯했다. 그리고 바로 이러한 모순 때문에 마음이 불안한 건지도 몰랐다. 그런 생각을 하면서 그는 바다에 눈인사를 건넸고, 이렇게 쉽게 닿을 수 있는 가까운 거리에서 베네치아를 알아보게 된 기쁨을 느꼈다. 이윽고 그는 몸을 돌렸고, 세수했으며, 자신의 편의를 완벽하게 하기 위해 객실 하녀에게 몇 가지를 지시하였다. 그리고 그는 승강기 운행을 담당하는 초록색 복장의 스위스 사람에게 일층으로 태워다 달라고 했다.

그는 바다 쪽으로 면해 있는 테라스에서 차를 마신 다음, 아래로 내려가 부두 산책로를 따라 엑셀시오르 호텔 방향으로 한참을 걸었다. 그가 돌아왔을 때는 벌써 저녁 만찬을 위해 옷을 갈아입을 시간이 된 것 같았다. 그는 몸치장을 하는 데 익숙해져서, 자기 방식대로 천천히 그리고 세심하게 옷을 차려입었다. 그런데도 그는 홀에 좀 일찍 도착한 듯싶었다. 홀에서 그는 서로 낯설어하고 상대방에 대해서는 무관심한 체하면서 식사에 대해서는 함께 기대감을 보이며 모여 있는 많은 호텔 손님들의 모습을 보았다. 그는 식탁에서 신문 한 장을 집어 들고 가죽의자에 자리 잡고 앉아서 호텔 손님들을 지켜보았다. 그들은 그가 이번 여행의 첫 번째 체류지에서 만난 부류와는 달리 그에게 편안한 느낌을 주는 사람들이었다.

너그럽게 많은 것을 포용하는 듯한 넓은 지평이 그의 눈앞에 펼쳐졌다. 주요 언어들로 하는 말소리가 뒤섞여 어렴풋이 들려왔다. 세계적으로 통용되는 야회복, 일종의 문명사회의 제복은 다양한 인간의 행동양식을 외적으로는 점잖은 통일체로 묶어 주고 있었다. 미국인의 무미건조하고 길다란 얼굴, 많은 식구의 러시아 가족, 영국 숙녀들, 프랑스인 보모를 동반한 독일 아이들이 보였다. 슬라브계 사람들이 압도적으로 많은 것 같았다. 바로 옆에서는 폴란드어로 말하는 소리가 들렸다.

아직 성인으로 보이지 않는 한 무리의 청소년들도 있었다.

그들은 가정교사 같기도 하고 혹은 이들의 말 상대 같기도 한 여자의 보호를 받으며 등나무 식탁 둘레에 모여 있었다. 보아 하니 열다섯 살에서 열일곱 살 쯤으로 보이는 소녀 셋과 열네 살 정도 되어 보이는 긴 머리의 소년 한 명이 있었다. 아셴바흐 는 그 소년이 완벽하게 잘 생겼다는 것을 알고 깜짝 놀랐다. 창 백하고 우아함이 깃든 내성적 면모를 보이는 그 소년의 얼굴은 벌꿀빛 머리카락으로 에워 싸여 있었다. 곧게 뻗은 코와 사랑 스러운 입, 우아하고 신성함이 깃든 진지한 표정을 하고 있는 그의 얼굴은 가장 고귀한 시대의 그리스 조각품들을 연상시켰 다. 그리고 더없이 순수하고 완벽하게 생긴 모습을 볼 때 그의 얼굴은 그 아이를 쳐다보고 있는 아셴바흐가 자연에서도, 조형 예술에서도 그와 비슷하게 성공한 작품을 만난 적이 없다고 생 각할 정도로 아주 드문 고유의 매력을 갖고 있었다. 더욱더 눈 에 띄는 것은, 남매들의 옷차림새나 일반적 행동에 지침이 되 어 보이는 교육적 관점들 사이에서 뚜렷이 엿보이는 근본적인 대조였다. 세 소녀 중 제일 나이가 많은 소녀는 어른이라고 생 각할 수도 있었는데, 이들의 옷차림새는 보기 흉할 정도로 근 엄하고 정숙했다. 똑같이 입고 있는 수도복 같은 의상은 회청색 에 무릎까지 내려오는 길이였고, 아무런 장식이 없는 데다가 일 부러 몸에 꼭 맞지 않게 재단되었으며, 하얀 칼라만이 유일하게 밝은색을 띠고 있었는데, 이러한 복장은 그들의 모습이 줄 수 있는 모든 호감을 억누르고 방해하고 있었다. 머리에 매끈하게 바짝 붙여 빗은 머리카락은 그들의 얼굴을 수녀처럼 공허하고 무미건조하게 보이게 했다. 그런 식으로 관리하는 이는 어머니임이 분명했다. 그런데 그녀는 소녀들에게는 요구한 듯한 그런 엄격한 교육적 원칙을 아들에게는 적용할 생각조차 하지 않은 것이다. 부드러움과 사랑스러움이 소년의 존재를 분명하게 규정하고 있었다. 사람들은 소년의 아름다운 머리카락에 가위를 갖다 대는 걸 삼가고 있었다. 그래서인지 '가시 뽑는 소년'[07]에서처럼 곱슬머리가 이마로 흘러내려 귀를 덮고 목덜미 아래쪽까지 깊숙이 드리워져 있었다. 아래로 내려갈수록 좁아지고, 아직 어린애 같지만 가느다란 손의 우아한 관절을 꼭 감싸고 있는 불룩한 소매가 달린 영국식 세일러복은 끈과 리본, 자수들로 장식되어 있어서 그의 연약한 체격에 어딘지 부유하고 사치스러운 느낌을 주었다. 소년은 자신을 관찰하고 있는 자를 향해 반쯤 몸을 돌리고 앉아 있었는데, 검은색 에나멜 구두를 신은 한쪽 발을 다른 쪽 발 앞에 놓고, 버드나무 안락의자 팔걸이에 한쪽 팔꿈치를 걸치고 움켜쥔 손에 뺨을 바짝 댄 채 느슨한 자세였으며, 그의 누이들에겐 몸에 밴 듯한 순종적이다시피 한

---

07  발바닥에서 가시를 뽑는 소년을 묘사한 그리스-로마 헬레니즘 시대의 청
    동 조각상

경직성이 전혀 없는 태도였다. 저 애는 앓고 있을까? 그 아이의 얼굴 피부가 상아처럼 새하얘 얼굴을 에워싸고 있는 금발 곱슬머리와 대조가 될 정도니 말이다. 아니면 저 애는 그저 편파적이고 변덕스러운 사랑으로 유약하게 키워진 응석받이 아이일까? 아셴바흐의 생각은 후자 쪽으로 기울어졌다. 거의 모든 예술가 기질에는 아름다움을 창조하는 불공정성을 인정하고 귀족적인 특권에 관심과 존경을 표하는 오만하고도 배반적인 성향이 천성적으로 내재되어 있는 것이다.

종업원이 홀을 돌아다니며 식사가 준비되어 있다고 영어로 알렸다. 사람들이 차츰차츰 유리문을 통과해 식당 안으로 들어갔다. 현관 홀이나 엘리베이터에서 뒤늦게 온 사람들이 지나갔다. 식당 안에서는 음식이 차려지고 있었지만, 어린 폴란드 남매들은 아직도 등나무 탁자에 둘러앉아 있었다. 아셴바흐는 깊숙한 안락의자에 편안히 앉아 무엇보다도 그 아름다운 소년을 눈앞에 두고서 그들과 함께 기다렸다.

이윽고 얼굴이 붉고 키 작고 뚱뚱하고 어설픈 귀부인 가정교사가 일어나라고 신호했다. 그녀는 눈썹을 치켜세우며 자기의 의자를 뒤로 빼더니, 회백색 옷차림에 진주로 매우 풍성하게 치장한 키 큰 부인이 홀에 들어서자 허리를 굽혀 절했다. 이 부인의 몸가짐은 냉정하고 절도가 있었고, 가볍게 치장한 머리 모양이나 의복의 재단 방식에서나 단순함이 엿보였는데, 경건성을 고귀함의 요소로 여기는 곳에서는 어디서나 그러한 단순함이 사람들의 취향을 규정한다. 그녀는 독일의 고위 관료의 부인인 듯이 보였다. 사치스러운 면모는 사실상 거의 값어치를 가늠할 수 없는 그녀의 장신구만 봐도 단번에 드러났는데, 은은하게 빛나는 버찌 크기의 아주 기다란 세 겹 진주목걸이와 귀걸이를 하고 있었다.

남매들은 재빨리 자리에서 일어났다. 이들은 허리를 굽혀 어머니의 손에 입을 맞추었다. 그녀는 단정하지만 약간 지치고 뾰족한 코를 가진 얼굴로 주춤거리는 듯 미소를 지으며 아이들 머리 너머로 눈짓하면서 가정교사에게 프랑스어로 몇 마디 말을 건넸다. 그런 다음 그녀는 유리문 쪽으로 걸어갔다. 남매들은 어머니를 따라갔는데, 소녀들은 나이 순서대로, 그들 뒤로는 가정교사가, 마지막으로 소년이 따라갔다. 무슨 이유에서인지 소년은 문턱을 넘어가기 전에 몸을 돌렸다. 아셴바흐 말고는 홀에 남아 있는 사람이 아무도 없었기 때문에, 소년의 독특한 연회색빛 눈이 신문을 무릎에 놓은 채 넋을 잃고 그 가족을 바라보고 있던 아셴바흐의 눈과 마주쳤다.

아셴바흐가 본 것은 사실 어느 것 하나 눈에 띌 만한 것은 없었다. 아이들은 어머니보다 먼저 식사하러 가지 않고 어머니를 기다렸다가 그녀에게 예의 바르게 인사했으며, 홀에 들어갈 때는 관습대로 예를 지킨 것이다. 하지만 이 모든 것에는 규율, 의

무감, 자긍심이 강조되고 너무나 명확하게 표현되어서 아셴바흐는 이상하게도 감동적인 느낌을 받았다. 그는 잠시 더 머뭇거리다가 그 자신도 식당으로 건너가 자기 식탁으로 안내받았는데, 그 자리가 폴란드인 가족의 자리와 너무 멀리 떨어져 있음을 확인하고서 잠시 아쉬운 마음이 들었다.

그는 피곤했지만 정신적으로는 활발한 상태여서 지루한 식사 시간 동안 추상적인, 아니 선험적인 문제들에 몰두했다, 인간의 아름다움이 생겨나기 위해 합법칙적인 것이 개인적인 것과 맺을 수밖에 없는 비밀스러운 연관성에 대해 곰곰이 생각해 보았다. 여기서부터 형식과 예술에 대한 일반적인 문제들로 넘어가, 결국 자신의 사고와 발견이 얼핏 보기에 행복한 꿈속의 속삭임과 비슷하다는 것을 알게 되었다. 하지만 그러한 속삭임은 멀쩡한 정신 상태에서는 완전히 허무맹랑하고 쓸데없는 것으로 드러난다. 그는 식사 후 저녁 향기 그윽한 공원에서 담배를 피우기도 하다가 앉아 있기도 하고, 이리저리 거닐기도 하다가 좀 이른 시간에 휴식을 취하러 방에 들어갔다. 그리고 밤새도록 깊이 자기는 했어도 다양하게 꿈의 형상들이 생생하게 등장하는 꿈을 꾸며 잤다.

다음 날에도 날씨가 더 좋아질 기미가 보이지 않았다. 육풍이 불어왔다. 구름 덮인 희미한 하늘 아래에 바다는 생기 없이 고요하고도 위축된 채 놓여 있었는데, 무미건조한 수평선이 가까웠고, 바다가 해안에서 아주 멀리 물러나 있어 여러 겹의 기다란 모래톱을 훤히 드러내고 있었다. 아셴바흐가 창문을 열었을 때 그는 석호의 썩은 냄새가 풍겨오는 것을 느꼈다.

그는 불쾌한 기분에 사로잡혔다. 벌써 그 순간에 그는 떠나야겠다고 생각했다. 몇 해 전 언젠가 여기 머물 때도 쾌청한 봄날이 몇 주 째 계속되다가, 이렇게 궂은 날씨가 찾아와 그를 괴롭히고 건강에 몹시 해를 끼쳐서, 그는 도망치듯 베네치아를 떠나야 했던 적이 있었다. 그때처럼 또다시 열이 나 불쾌해지고 관자놀이가 지끈거리고 눈꺼풀이 묵직해지지 않을까? 또 한 번 거처를 바꾸는 건 성가신 일일 테지만, 바람이 방향을 바꾸지 않는다면, 이곳은 그가 머무를 곳이 못 된다. 그는 만일의 사태에 대비해 짐을 완전히 풀지는 않았다. 이런 경우에 대비해 홀과 식당 사이에 마련되어 있는 뷔페식당에서 그는 9시에 아침 식사를 했다.

식당 안에는 대형 호텔들이 명예롭게 여기는 엄숙한 정적이 감돌았다. 시중을 드는 종업원들은 조용한 발걸음으로 식당 안을 돌아다녔다. 들리는 것이라곤 찻잔이 달그락거리는 소리와 낮게 속삭이는 말소리가 전부였다. 아셴바흐는 문 맞은편에서 비스듬히 비켜나간 곳, 즉 자기 자리에서 두 개 식탁 건너 한쪽 구석에서 가정교사와 함께 있는 폴란드 소녀들을 발견했다. 매우 똑바른 자세로 앉아 있는 그들은 잿빛을 띤 금발을 새로 매끄럽게 빗은 채였고, 눈은 충혈된 채 조그만 하얀 칼라와 커프스가 달린 푸른색의 빳빳한 리넨 소재 옷을 입고서 잼이 든 병을 서로에게 건네주고 있었다. 소녀들은 아침 식사를 거의 마친 상태였다. 그런데 그 소년은 없었다.

아셴바흐는 미소를 지었다. '그렇군, 꼬마 페아케[08] 같으니라고!' 하고 그는 생각했다. 너는 누이들과 달리 마음대로 늦잠을 자는 특권을 누리고 있는 것 같구나. 그리고 그는 갑자기 기분이 좋아져 혼잣말로 이런 시구를 읊어보았다. "자주 바뀌는 장신구와 따뜻한 목욕, 그리고 휴식이여."[09]

그는 서두르지 않고 느긋하게 아침 식사를 했고, 장식테가 있는 모자를 눌러 쓰고 식당 홀로 들어온 수위의 손에서, 뒤따라 부쳐져 온 몇몇 우편물을 받아들고는, 담배를 피우면서 몇 통의 편지를 열어 보았다. 그러다가 저 건너편에서 사람들이 기다리고 있는 그 늦잠꾸러기 소년이 등장하는 것이 보였다. 소년은 유리문을 통해 들어와서 정적이 흐르는 공간을 비스듬히 가로질러 자기 누이들이 있는 식탁으로 갔다. 그의 걸음걸이는 상체의 자태뿐 아니라 하얀 신발을 신은 발을 내딛는 무릎의 움직

---

08    그리스신화에 나오는 종족으로, 풍요로운 섬에서 근심걱정 없이 행복하게 살았던 사람들.

09    호메로스의 《오디세이아》 제8권 249행.

임에서도 남다르게 우아했으며, 매우 가볍고 부드러우면서도 동시에 자부심에 차 있었는데, 들어오면서 그는 고개를 홀 안으로 돌려 두 번 눈을 치켜떴다가 아래로 내리뜨리는 어린애다운 수줍음으로 인해 더욱 아름다워 보였다. 그는 미소를 지으면서 약간 불분명한 언어로 나지막이 무슨 말을 하더니 자기 자리에 앉았다. 그런데 이제 그 소년이 그를 바라보고 있는 자에게 정확하게 옆모습이 보이도록 얼굴을 돌리는 바람에 아셴바흐는 그 아이의 그야말로 신적인 아름다움에 다시금 경탄하고 심지어는 깜짝 놀라기까지 했다. 그 소년은 오늘 파랗고 흰 줄무늬가 있는 면직의 가벼운 정장 차림이었는데, 가슴에는 붉은 비단 리본이 달려 있었고, 목둘레는 단순한 흰색 스탠드 칼라로 감싸여 있었다. 그런데 옷의 특색에 그다지 우아하게 어울리지 않을 것 같은 이 스탠드 칼라 위에 이루 말할 수 없이 사랑스러운 매력이 넘치는 아이의 머리가 마치 활짝 핀 한 송이 꽃처럼 놓여 있었다. — 그것은 마치 파로스 섬의 노란 광택 나는 대리석으로 된 에로스 신의 두상과도 같았는데, 눈썹은 섬세하고 진지한 빛을 띠고 있었고, 고리 모양으로 도르르 말린 곱슬머리가 짙고도 부드럽게 관자놀이와 귀를 뒤덮고 있었다.

'좋아, 좋아!' 아셴바흐는 때때로 예술가들이 빼어난 걸작품 앞에서 그들의 열광과 황홀함을 표현하듯, 예의 전문가다운 냉철한 인정을 하면서 생각했다. 그리곤 계속 생각을 이어갔다.

'그래 정말이지 나를 기다린 것은 바다와 해변이 아니었구나. 네가 머물러 있는 한, 나도 여기에 머무르겠다!' 그러나 그는 일단 일어나서 종업원들이 주목해 보고 있는 가운데 홀을 지나 널찍한 테라스로 내려갔다. 그러고는 곧장 판자 다리를 건너 호텔 손님 전용으로 울타리를 쳐놓은 해변으로 내려갔다. 리넨 바지와 선원 셔츠를 입고 밀짚모자를 쓴 맨발의 노인이 그곳 아래쪽에서 해수욕장 관리인으로 일하고 있었는데, 아셴바흐는 그 노인에게 자기가 빌려놓은 해변 방갈로로 안내하도록 했고, 의자와 탁자를 모래 위에 설치된 판자 위에 내놓도록 하였다. 그리고 접이식 의자를 바다를 향해 넓게 펼쳐진 밀납 같은 금빛 모래사장 쪽으로 더 끌어당긴 채, 의자 속에 편안히 파묻혔다.

해변의 풍광, 원초적 자연의 언저리에서 아무 근심 없이 감각적으로 즐기는 문화의 광경은 언제나 그랬듯이 그를 즐겁고 기쁘게 해주었다. 회색빛의 얕은 바다는 벌써부터 물속을 첨벙이며 걷는 아이들이나 수영하는 사람들, 두 팔을 머리 아래쪽에 깍지 긴 채 모래사장에 누워 있는 각양각색의 모습들로 붐비며 활기를 띠었다. 어떤 사람들은 빨갛고 파랗게 색칠된 용골[10] 없

---

10　선박 하단의 중앙부를 앞뒤로 가로지르는 배의 중심축을 말한다. 니체의 《비극의 탄생》의 쇼펜하우어 부분에 대한 유희. 니체는 '인간은 광란하는 바다 위에 불안한 선박에 의지해서 고통의 망망대해에 떠다닌다'는 의미로 씀.

는 조그만 보트를 젓다가 뒤집혀서 깔깔 웃고 있었다. 길게 줄지어 늘어선 방갈로 앞 마루에는 작은 베란다에서처럼 사람들이 앉아 있었고, 그 앞에는 활기차게 움직이며 놀고 있는 사람들, 몸을 쭉 뻗고 나른하게 휴식을 취하는 사람들, 여기저기 방문하는 사람들, 잡담하는 사람들, 조심스럽게 아침의 정취를 맛보는 사람들 이외에도 과감하고도 편안하게 이곳의 자유로움을 만끽하는 나체족들도 있었다. 축축하고 딱딱한 모래사장 앞쪽으로는 몇몇 사람들이 하얀 수영 가운을 입거나, 강렬한 색상의 헐렁한 셔츠형 가운을 걸치고 산책을 하고 있었다. 오른쪽으로는 아이들이 다양한 형태로 만든 모래성 하나가 있었는데, 그 둘레에는 각 나라를 상징하는 색깔의 조그만 깃발들이 꽂혀 있었다. 조개나 과자, 과일을 파는 장사꾼들이 무릎을 꿇은 자세로 물건들을 펼쳐놓고 있었다. 왼쪽으로는, 다른 방갈로들과 비스듬히 배치되어 바다를 향해 서 있는 방갈로들이 그쪽 해변의 끄트머리를 이루고 있었고, 그중 한 방갈로 앞에서 어떤 러시아인 가족이 캠핑을 하고 있었다. 턱수염을 기르고 커다란 이빨을 가진 남자들, 활기 없이 축 처진 여자들, 이젤 앞에 앉아서 절망적인 탄식을 하며 바다를 그리고 있는 발트해 출신의 아가씨, 못생겼지만 착해 보이는 어린애 둘, 머리에 두건을 쓴 채 노예처럼 부드럽게 복종하는 태도를 보이는 나이 든 하녀가 그 일족이었다. 그들은 감사한 마음으로 즐기며 그곳에서 생활하고 있었고, 말을 듣지 않고 마구 돌아다니는 아이들의 이름을 지칠 줄 모르고 불러댔으며, 자기들에게 사탕을 팔았던 익살맞은 노인과 몇 마디 이탈리아어로 오랫동안 농담을 주고받더니, 서로 뺨에 입맞춤을 하면서, 자기네 인간 공동체를 보고 있는 그 누구에게도 신경을 쓰지 않았다.

그래, 난 그대로 머물러야겠어, 하고 아셴바흐는 생각했다. 더 나은 곳이 어디 있겠는가? 그는 두 손을 무릎 사이에 포개고는 광활한 바다에 눈길을 돌렸다. 그의 시선은 미끄러지고 몽롱해지다가 황량한 공간의 단조로운 안개 속에서 흩어져 버렸다. 그는 깊은 이유로 바다를 사랑했다. 힘겹게 작업하는 예술가로서, 여러 현상들의 까다롭고 다양한 형상을 피하여 단순하고 거대한 것의 품에 자신을 숨기기를 갈망하는 예술가로서 휴식을 취하고 싶기 때문이었다. 또한 체계화되지 않은 것, 무절제한 것, 영원한 것, 무(無)에 대한 금지된 애착 때문이었는데, 그러한 것은 자신의 임무와는 그야말로 상반되며, 바로 그렇기 때문에 유혹적인 것이었다. 완전한 것 앞에서 휴식을 취한다는 것은 탁월한 것을 만들려고 애쓰는 사람의 동경이다. 그리고 무야말로 완전성의 한 형태가 아니던가? 그런데 이제 그가 깊이 허공을 응시하며 그처럼 몽상에 빠져 있을 때, 갑자기 해안가 지평선 상에 한 인간의 형체가 겹쳐졌다. 그래서 그가 무한한 세계로부터 시선을 거두어들여 그리로 집중해 보니, 바로 거기

에는 그 아름다운 소년이 있었다! 소년은 왼쪽에서 와서 아셴
바흐 앞쪽 모래사장을 지나갔다. 소년은 물에 들어가려는지 날
씬한 다리를 무릎까지 드러낸 채 맨발로 걷고 있었는데, 마치
신발 없이 돌아다니는 게 매우 익숙한 듯, 천천히 그러면서도
가볍고 당당하게 걸었다. 그러면서 비스듬히 서 있는 방갈로들
쪽을 돌아보았다. 그런데 거기에서 자기네끼리 한데 어울려서
이리저리 설치며 제멋대로 하는 러시아인 가족을 보자마자 그
의 얼굴은 분노와 경멸로 인한 불쾌감으로 가득 뒤덮였다.[11] 그
의 이마는 어둡게 그늘졌고 입은 삐죽 튀어나왔으며 입술은 한
쪽으로 심하게 일그러져 뺨까지 마구 이지러졌으며, 눈썹도 심
하게 일그러지고 거기에 눌린 눈은 움푹 꺼진 듯이 보이기도 했
고, 그 아래에서는 증오의 말마디가 악의적이고 음울하게 뿜어
져 나올 것 같았다. 그는 눈을 내리깔더니 다시 한번 위협적으
로 뒤를 돌아다보다가, 격렬하게 뿌리치듯 어깨를 획 돌리고는
못마땅한 그 원수들을 등지고 섰다.

　모종의 부드러운 감정 때문인지, 아니면 깜짝 놀랐기 때문
인지, 존중하는 마음 같기도 하고 수치심 같기도 한 어떤 감정
때문에 아셴바흐는 마치 아무것도 보지 못한 것처럼 고개를 돌

---

11　러시아적인 것에 대한 적개심 및 폴란드의 국가적 자부심 표현, 1830년대
　　의 러시아 침공에 대한 폴란드의 봉기란 역사적 배경도 작용함.

릴 수밖에 없었다. 그러니까 우연히 소년의 격한 감정을 보게
된 이 진지한 관찰자는 자기가 본 것을 오로지 혼자서만 간직
하는 것조차도 마음에 걸렸던 것이다. 그러나 아셴바흐는 기분
이 좋아지면서 마음의 동요를 느꼈다. 말하자면 행복감을 느
낀 것이다. 선량하기 그지없는 삶의 한 단편을 향해 표출된 이
어린아이 같은 광기라니! 이 때문에 이 신적이고 말 없는 존재
가 인간적인 관계 속으로 들어오게 되었고, 바로 그 때문에, 단
지 눈요기로만 바라보았던 자연의 귀중한 조각품이 보다 더 깊
은 인간적 관심을 받을 가치가 있는 것으로 보였다. 또한 그러
한 광기는 그렇지 않아도 아름다움으로 인해 의미심장해진 이
미성숙한 소년의 형상을 실제 나이 이상으로 진지하게 보이게
하였다.

　여전히 시선을 돌린 채 아셴바흐는 소년의 목소리에 귀를
기울이고 있었다. 낭랑하지만 조금 힘없는 목소리였다. 소년은
모래성 주변에서 놀고 있는 친구들을 향해 벌써 멀리서부터 인
사말을 건네면서 자신이 왔음을 알리려 했다. 친구들도 소년을
향해 이름인지 애칭인지를 여러 번 소리쳐 부르며 응답하고 있
었다. 아셴바흐는 그 어떤 호기심을 가지고 그 소리에 귀를 기
울여 보았지만, 정확한 것은 알아들을 수 없었고, 다만 '아지오'
비슷한 노래 같은 두 음절의 멜로디가 들릴 뿐이었다. 혹은 마
지막에 '우' 음을 길게 빼서 '아지우'라고 부르는 소리가 더 자

주 들렸다. 그는 그 소리를 듣고 즐거워했다. 그리고 그 듣기 좋은 소리가 그 대상과 잘 어울린다고 생각하며 혼자 가만히 그 소리를 되풀이해 보았다. 그러고 나서 흡족한 마음이 되어 편지와 서류들 쪽으로 몸을 돌렸다.

그는 조그마한 여행용 서류철을 무릎 위에 올려 두고 만년필로 이런저런 편지들을 처리하기 시작했다. 하지만 15분 후쯤 벌써 그는 자기가 아는 한 가장 향유할 만한 상황을 마음속으로 외면해 버리고, 별로 중요하지도 않은 일에 몰두하느라 그 상황을 놓치는 것은 유감이라는 생각이 들었다. 그는 펜과 편지지를 옆으로 치우고 다시 바다를 향해 돌아앉았다. 그리고 잠시 지나지 않아 모래성 근처 소년들의 목소리에 정신을 빼앗겨, 의자 등받이에 편안히 기대고 있던 머리를 오른쪽으로 돌려 그 멋진 '아지오'가 무엇을 하면서 어디에 있는지 다시 둘러보았다.

첫눈에 그 아이를 찾아냈다. 그 아이의 가슴 위에 달린 빨간 리본을 못 보고 지나칠 리는 없었기 때문이다. 다른 아이들과 함께 모래성에 물이 고인 구덩이 위에 낡은 판자를 다리 삼아 놓느라 여념이 없는 그는 소리를 치거나 고개를 끄덕여가며 이 일에 대한 지시를 하고 있었다. 그곳엔 그 아이와 더불어 대략 열 명의 소년 소녀들이 모여 있었다. 그중엔 그 또래의 아이들도 있고 그보다 더 어린 몇몇 아이들도 있었는데, 그들은 폴란드어와 프랑스어, 심지어는 발칸 지방 사투리까지 마구 섞어 떠들고 있었다. 그래도 가장 자주 들려오는 것은 그 소년의 이름이었다. 소년은 다른 아이들로부터 환심과 호감과 경탄을 사고 있는 것이 분명했다. 특히 그 애와 같은 폴란드인이고 '야슈' 비슷한 이름으로 불리는 탄탄한 체격의 소년이 그 아이의 가장 가까운 부하이자 친구인 듯했다. 그 폴란드 소년은 포마드를 바른 새까만 머리에, 리넨 벨트가 달린 반코트를 입고 있었다. 이번의 모래성 짓기 작업이 다 끝나자 그들은 얼싸안은 채 해변을 따라 걸었다. '야슈'라 불리는 녀석이 그 미소년에게 키스를 했다.

아셴바흐는 손가락으로 그 자를 위협하고 싶은 기분이 되었다. '크리토불로스',[12] 난 네게 충고하겠는데, 일 년 동안 여행을 떠나라!' 하고 그는 미소를 지으며 생각했다. '회복되려면 최소한 그만큼의 시간이 필요할 테니까!' 그런 다음 그는 행상 인에게서 산 크고 잘 익은 딸기를 아침으로 먹었다. 태양이 하늘의 두꺼운 구름층을 뚫고 나오지 못했음에도 날씨가 매우 더웠다. 바다의 고요함이 주는 엄청난 도취적인 즐거움을 그의 감각이 누리고 있는 사이에 나른한 기운이 그의 정신을 마비시켰다. '아지오' 비슷하게 들리는 그 이름이 정확히 무엇인지를 알

---

12  크세노폰의 《회상Memorabilia》에 나오는 문구. 크리토불로스가 알키비아데스의 아들이자 미소년에게 키스하자 소크라테스가 키스의 상처(타란툴라의 깨뭄)를 치유하기 위해 1년쯤 여행을 떠날 것을 권고한다.

아내고 규명하는 것이 이 진지한 남자에게는 자신이 완벽하게 수행해야 할 적합한 임무이자 과업으로 생각되었다. 아셴바흐는 얼마 안 되는 폴란드어 지식을 더듬어 보았을 때 그의 이름은 '타치오'임이 분명하다고 확신했다. 그것은 '타데우스'의 줄임말이고 부를 때에는 '타치우'라고 소리가 났던 것이다.

타치오는 해수욕을 하고 있었다. 그 소년을 시야에서 놓쳐 버렸던 아셴바흐는 저 멀리 바다에서 그의 머리와, 노를 젓듯이 큰 동작으로 휘젓고 있는 팔을 보게 되었다. 그러니까 바다는 꽤 멀리까지도 얕은 모양이었다. 그런데도 벌써 소년이 염려되었던지, 방갈로에서 소년을 부르는 여자들의 목소리가 들려왔다. 마치 구호처럼 해변 가득히 울려 퍼지는 그 이름을 외치는 소리가 거듭 들려왔다. 그것은 부드러운 중간음과 끝에서 길게 끌리는 '우' 소리 때문에 감미로우면서도 거친 느낌을 주었다. '타치우!, 타치우!' 소년은 돌아왔다. 그는 역류하는 물을 다리로 걷어차 물거품을 일으키고, 고개를 뒤로 젖힌 채 물결을 가르면서 달려왔다. 이 생명력 넘치는 모습을 보는 것이란! 미성년의 사랑스러우면서도 냉담한 표정의 이 소년은 물이 뚝뚝 떨어지는 곱슬머리를 하고 귀여운 신과도 같이 아름다운 모습으로 하늘과 바다 깊숙한 곳, 원초적 자연으로부터 솟아올라 달려 나오고 있었다.[13] 이러한 광경은 신화적인 상상을 불러일으켰다. 그것은 마치 태초의 시간, 형식의 기원과 신들의 탄생에 관한 시학과도 같았다. 아셴바흐는 눈을 감고 마음속에서 울려 퍼지는 노래에 귀를 기울였다. 그리고 다시 한번, 이곳이 좋구나, 하며 더 머무르고 싶다고 생각했다.

한참 후 타치오는 해수욕을 한 뒤 모래사장에 누워, 오른쪽 어깨 아래쪽으로 커다란 흰 타올로 몸을 감싼 채 팔베개를 하고 쉬고 있었다. 아셴바흐는 그 아이를 쳐다보지 않고 책을 몇 장 읽고 있었지만, 소년이 그쪽에 누워 있다는 사실과 머리를 오른쪽으로 약간만 돌리면 이 경탄할 만한 소년을 볼 수 있다는 것을 결코 한순간도 잊지 않았다. 아셴바흐는 자신이 거기에 앉아 있는 것이 마치 쉬고 있는 그 소년을 지켜주기 위해서라는 생각까지 하게 되었다. 그는 자신의 일에 열중하면서도 오른쪽으로 그리 멀리 떨어지지 않은 곳에 있는 그 고귀한 인간 형상에 대해 끊임없이 주의를 기울이고 있었다. 그래서 아버지로서 가질 수 있는 자애로운 애정, 말하자면 스스로를 희생시켜 정신 속에서 아름다움을 창조해낸 자가 아름다움을 소유한 자가 가지는 일종의 감동적인 애정이 그의 가슴을 가득 채우고 마음을 벅차게 했다.

---

13　거품과 물을 헤치고 솟아오르는 모습은 마치 아프로디테의 탄생을 연상시킴.

그는 정오가 지나 해변을 떠났고, 호텔로 돌아가 자기 방 앞까지 올라갔다. 그는 방 안으로 들어가 한참 동안 거울 앞에 머무르며, 허옇게 세어버린 머리카락과 지쳐 보이고 날카로워진 자신의 얼굴을 들여다보았다. 바로 그 순간 그는 자신의 명성에 관해 생각하게 되었다. 그리고 많은 사람들이 그를 어디에서나 알아보고, 정곡을 찌르면서도 우아함으로 치장한 말들 때문에 존경하는 눈빛으로 쳐다보는 점에 대해서 생각했다. 그리고 그의 재능이 가져다준 온갖 외적인 성공을 일일이 머리에 떠올려 보는가 하면, 심지어 자신이 귀족의 작위를 받게 된 경위까지도 되돌아보았다. 그런 다음, 점심을 먹기 위해 식당 홀로 내려가 자신의 조그마한 식탁에 앉아 식사했다. 그가 식사를 끝내고 나서 승강기에 올라탔을 때, 역시 아침 식사를 마친 한 무리의 젊은이들이 뒤이어 흔들리는 승강기 안으로 몰려 들어왔고, 타치오도 들어왔다. 소년은 아셴바흐 곁에 아주 가까이 서게 되었다. 그 소년이 처음으로 너무나 가까이 있었기 때문에, 아셴바흐는 그 아이를 먼 형상처럼 거리를 두고 바라볼 때와 달리, 그 인간적인 면모 하나하나를 인지하고 알게 되었다. 어떤 아이가 그 소년에게 말을 걸자, 그 아이는 형용할 수 없을 만큼 사랑스러운 미소로 답하면서 두 눈을 내려뜨리고, 2층에 도착하자 벌써 다시 뒷걸음을 치며 승강기에서 빠져나가는 것이었다. 아름다움이란 사람을 부끄럽게 만드는구나, 하고 아셴바흐는 생각하면서 그 이유가 뭘까 하며 골똘히 생각에 잠겼다. 그런데 그는 타치오의 치아 상태가 그리 좋지 않은 것을 알게 되었다. 치아 끝이 좀 뾰족하고 창백한 빛깔인 데다 건강함이 주는 광택도 없었고, 가끔 빈혈증 환자한테서 볼 수 있듯, 워낙이 잘 깨질 것만 같은 투명한 색이었다. '저 애는 무척 연약하구나, 아픈 것 같아', 하고 아셴바흐는 생각했다. '저 애는 아마 오래 살지 못할 것 같다.' 그는 그런 생각과 동시에 왜 만족감 내지 안정감이 느껴지는 건지 그 이유를 굳이 밝히는 건 단념하였다.

그는 자기 방에서 두 시간 정도 보낸 다음, 오후에는 바포레토를 타고 썩은 냄새가 나는 석호를 지나 베네치아로 갔다. 산 마르코에서 내려 그곳 광장에서 차를 마신 다음, 그가 이곳에 오면 늘 하는 일정에 따라 거리들을 다니며 산책했다. 하지만 그의 기분과 결심이 완전히 뒤바뀌게 된 것은 이 산책에서였다.

역겨운 무더위가 골목마다 깔려 있었다. 공기는 너무 텁텁해, 집들과 상점, 음식점에서 새어나온 냄새와 기름 증기, 향료의 안개 외에도 다른 가지각색의 증기로 차 있어 흩어지지도 않았다. 담배 연기는 그 자리에 들러붙어 있다가 그저 서서히 사라질 뿐이었다. 좁은 곳에 몰려 있는 인파는 산책객을 유쾌하게 하기는커녕 괴롭힐 뿐이었다. 아셴바흐가 산책을 길게 할수록, 해풍이 시로코 열풍과 뒤섞여 불러일으킬 수 있는 역겨운 상태가 흥분과 이완을 동시에 가져다주며 그를 점점 더 고통스럽게 짓눌렀다. 고통스러운 진땀이 그에게서 삐져나왔다. 눈은 잘 보이지 않았고, 가슴이 조여왔으며, 몸에 열이 나고 머리에서는 피가 욱신거렸다. 그는 붐비는 상가 골목을 도망치듯이 벗어나 다리를 건너 빈민촌 길로 들어섰다. 거기에서는 거지들이 그를 성가시게 했고, 하수구에서 뿜어나오는 악취가 호흡을 곤란하게 했다. 베네치아 안쪽에 위치한, 마술에 걸린 듯이 망각된 듯한 느낌을 주는 지역의 어느 조용한 곳, 분수 주변에서 휴식을 취하면서 그는 이마의 땀을 닦았다. 그리고 떠날 수밖에 없음을 깨달았다.

두 번째로, 그리고 이제 최종적으로 입증된 것은, 이 도시의 이런 기후가 그에게 지극히 해롭다는 것이었다. 고집스럽게 그대로 머문다는 건 이성에 어긋나는 일 같았고, 바람의 방향이 바뀔 전망도 일체 불확실했다. 신속한 결단이 필요했다. 지금 벌써 집으로 돌아가는 건 안 되는 일이긴 했다. 그가 머물 수 있는 여름 숙소도 겨울 숙소도 아직 준비되지 않았던 것이다. 하지만 바다와 해변이 이곳에만 있는 것은 아니었으며, 석호의 해로운 발산물과 열기 머금은 증기가 없는 바다와 해변은 다른 데에도 있었다. 그는 사람들이 추천해 주었던, 트리에스트에서 멀지 않은 작은 해수욕장을 떠올렸다. 거기로 가지 않을 이유가 있겠는가? 더욱이 당장에 말이다. 체류지를 또다시 바꾸는 일이 좀 더 보람이 되게 하기 위해서다. 그는 단호히 결정하고 일

어섰다. 바로 다음 번 곤돌라 선착장에서 그는 한 척의 배에 타
고 운하들의 어둑한 미로를 통과해, 사자상들이 양측에서 호위
하고 있는 아름다운 대리석 발코니 밑을 지났으며, 쓰레기 속에
서 요동치고 있는 물을 비추고 있는 매끄러운 담벼락 모퉁이를
돌아 산 마르코로 통하는 퇴락한 궁전 앞마당을 지났다. 그는
거기에 도착하기까지 애를 먹었는데, 레이스 공장 및 유리그릇
공장과 결탁한 곤돌라 사공이 곳곳에 멈춰 그를 내리게 하더니
물건을 구경하고 사도록 했기 때문이다. 그리고 베네치아를 통
과하는 기이한 여행이 그 마술을 내뿜기 시작했을 때에는, 몰
락한 여왕의 협잡꾼 같은 상혼이 그 근성을 발휘하여, 그는 다
시 정신이 들면서 불쾌한 기분이 들었다.

호텔로 돌아와, 저녁 만찬 시간이 되기도 전에 그는 사무실
에 들러, 예기치 못한 사정으로 인해 자기가 내일 아침 일찍 떠
나야 할 수밖에 없음을 알렸다. 거기서는 유감스러워하며 그의
계산서를 작성해 주었다. 그는 식사하고 뒤쪽 베란다에 있는
흔들의자에 앉아 잡지들을 읽으면서 훈훈한 저녁을 보냈다. 잠
자리에 들기 전에 그는 짐을 꾸려 떠날 준비를 완전히 마쳤다.

다시 출발할 일이 눈앞에 닥쳐 있어 불안했기 때문에, 그는
잠을 푹 자지 못했다. 아침에 그가 창문을 열었을 때 하늘은 여
전히 구름이 끼어 있었지만, 공기는 더 신선해진 것 같았다. —
그런데 벌써 그의 후회가 시작되기도 했다. 이렇게 예약을 취

소한 것은 성급하고 잘못된 일이 아니었을까, 병적이고 비정상
적인 상태에서 한 행동이 아니었을까? 취소를 조금만 더 유보
했더라면, 그렇게 급히 실망하지 않고 베네치아의 공기에 익숙
해지려고 노력하거나 날씨가 호전되길 과감히 기다려 보았더
라면, 지금 그는 조급함이나 부담감을 느끼는 대신에, 어제와
똑같은 해변에서의 아침을 곧 누릴 것이었다. 너무 늦었다. 이
제는 자기가 어제 원했던 바를 계속 진행시키지 않을 수 없었
던 것이다. 그는 옷을 차려 입고서 8시에 아침 식사를 하러 2층
으로 내려갔다.

  그가 들어섰을 때 그 뷔페식 식당에는 아직 손님들이 없었
다. 그가 앉아서 주문한 음식을 기다리는 동안 몇몇 사람이 들
어왔다. 찻잔을 입에 댄 채 그는 폴란드 소녀들이 보호자를 동
반하고 나타나는 것을 보았다. 충혈된 눈을 한 채 근엄하면서도
아침 원기에 차서 그들은 창가 구석에 있는 그들의 식탁으로 걸
어갔다. 바로 그때 호텔 수위가 아셴바흐에게 다가와 출발을 독
촉했다. 그와 또 다른 여행객들을 엑셀시오르 호텔로 데려다 주
기 위해 자동차가 벌써 준비되어 있으며, 거기서부터는 모터보
트가 회사 전용 운하를 통과해 정거장까지 승객들을 실어다 줄
것이라고 했다. 시간이 촉박하다는 것이었다. ─ 아셴바흐는 그
럴 리가 결코 없을 거라고 생각했다. 그가 탈 기차가 출발할 때
까지는 한 시간 이상이 남아 있었던 것이다. 여행 떠나는 손님

들을 일찌감치 숙소에서 나가게 하려는 호텔 관습에 불쾌해져
서 그는, 자신은 편안하게 아침 식사를 하길 원한다고 수위에게
알려주었다. 수위는 머뭇거리다가 되돌아가더니 5분 후에 다
시 나타났다. 차가 더는 기다릴 수 없다는 것이다. 그렇다면 차
는 그냥 출발을 하되 자기의 가방은 싣고 가달라고, 아셴바흐는
흥분해서 대답했다. 그 자신은 주어진 시간 아무때나 대중 증
기선을 이용할 테니, 자기의 출발에 대한 걱정은 제발 자기 자
신에게 맡겨 달라고 했다. 그 직원은 몸을 숙여 절했다. 아셴바
흐는 성가진 독촉을 물리친 것을 기뻐하면서 서두르지 않고 식
사를 마쳤으며, 심지어는 종업원에게 신문을 갖다 달라고까지
했다. 마침내 그가 몸을 일으켰을 때는 시간이 정말 빠듯해졌
다. 바로 그 순간 타치오가 유리문을 통해 들어오는 것이었다.

소년은 자기 가족의 식탁으로 가면서, 출발하려는 자의 앞
을 가로질러 갔는데, 머리가 세고 이마가 튀어나온 아셴바흐 앞
에서 겸손하게 시선을 아래로 떨어뜨리다가 곧바로 다시 사랑
스러운 태도로 그를 향해 부드러우면서도 그윽하게 시선을 보
내며 지나갔다. 안녕, 타치오! 하고 아셴바흐는 생각했다. 내 너
를 본 게 잠깐이었구나. 그리고 그는 평소 습관과는 달리 그러
한 생각을 입술을 움직여 실제로 나타내며 혼잣말하면서 거기
에 덧붙였다. '은총이 있기를!' — 그러고 나서 그는 출발하면
서 팁을 나누어 주었으며, 프랑스식 프록코트를 입은 키가 작

고 목소리가 나지막한 지배인의 작별인사를 받았다. 그리고 올 때와 같이 걸어서 호텔을 떠나, 휴대용 짐을 나르는 호텔 하인의 수행을 받으며, 하얀 꽃들이 만발해 있는 가로수길을 지나 섬을 가로질러서 증기선이 발착하는 잔교로 갔다. 그는 거기에 도착해 자리를 잡는다. — 그 뒤에 이어진 것은 온갖 깊은 후회로 인해 슬프고 고통스러운 항해였다.

그것은 석호를 거쳐 산 마르코를 지나 대운하까지 거슬러 올라가는 익숙한 항해였다. 아셴바흐는 뱃머리에 놓인 둥근 의자에 앉아 팔을 난간에 기댄 채 손으로 그늘을 만들어 눈을 가리고 있었다. 공원들은 뒤로 물러났고, 작은 광장은 다시 한 번 군주다운 기품을 띠고 펼쳐지다가 사라져 버렸다. 궁정들이 대대적으로 도망치듯 물러났고, 수로의 방향이 바뀌자 리알토 다리의 화려하게 펼쳐진 대리석 아치가 나타났다. 여행객은 그것을 바라보았다. 그리고 그의 가슴은 찢어지는 듯하였다. 도시의 분위기를, 도주하라고 그를 그토록 심하게 몰아붙였던 바다의 습지의 이 약간 썩은 듯한 냄새를, — 그것을 그는 이제 깊고 애정어리고 고통스러운 숨결로 들이마셨다. 자기의 가슴이 이 모든 것에 얼마나 큰 애착이 있었는지 그가 알지도 못했다는 것, 생각지도 않았다는 것이 있을 수 있는 일이었을까? 오늘 아침에는 자신의 행동이 올바른지에 대해 어느 정도는 의구심을 갖고 어느 정도는 유감스러워 했던 것이 지금은 비통함으로, 실제로 고통이 되었고 일종의 영혼의 번뇌가 되고 말았다. 그 번뇌는 너무나 쓰라린 것이어서 그의 눈에 몇 번이고 눈물이 고이게 했고, 그러한 번뇌에 대해 그는 자신이 그것을 예측하는 건 불가능한 일이었다고 스스로에게 말했다. 그가 그토록 견디기 힘든 것으로, 정말이지 때로는 도저히 참을 수 없는 것으로까지 느낀 것은 분명, 그가 베네치아를 결코 다시는 못 보게 될 것이며, 이것이 영원한 이별이 될 거라는 생각이었다. 왜냐하면 이 도시가 그를 병들게 한다는 사실이 두 번째 드러났으며, 그가 두 번째로 어쩔 수 없이 허겁지겁 이 도시를 떠날 수밖에 없었기 때문에, 그는 그곳을 이제 앞으로 자기는 다시 오면 안 될 금단의 체류지로 여길 수밖에 없었던 것이다. 자기는 그곳이 감당이 안 되었던 터라 그곳을 다시 찾는다는 건 어리석은 짓일 것이었다. 그렇다, 그가 이제 떠나게 되면, 두 번씩이나 육체적 요인으로 그가 단념했던 이 사랑스러운 도시를 그는 수치심과 오기 때문에 다시 보는 일이 없으리라고 느꼈다. 그리고 정신적 애착과 육체적 능력 사이에 발생한 이러한 고투는 이 늙어가는 남자에게는 불현듯 너무 괴롭고도 중대하게 여겨졌으며, 신체의 패배는 너무나 굴욕적이어서 어떠한 대가를 치르고라도 이겨내야 했다. 그래서 그는 어제 자기가 진지한 투쟁도 해보지 않고서 신체적 패배를 받아들이고 인정하기로 결정해 버린, 그 경박한 체념을 이해하지 못했다.

그 사이 증기선은 기차역에 다가오고 있는데, 고통과 당혹감은 가중되어 정신이 혼란스러울 지경이 된다. 이 고통스러운 남자에게 출발은 불가능하게 여겨지며, 되돌아가는 것도 그 못지않게 불가능해 보인다. 그렇게 너무나 혼란스러운 상태로 그는 정거장에 들어선다. 시간이 매우 늦었고, 기차를 타려면 그는 한순간도 지체해서는 안 된다. 그는 기차 타기를 원하기도 하고 원하지 않기도 한다. 그러나 시간이 촉박하고, 시간은 그를 앞으로 내몰고 있다. 그는 서둘러 차표를 구입하고, 구내의 혼잡 속에서 이곳에 배치된 호텔 측 사원을 찾아 두리번거린다. 그 사람이 나타나더니 큰 가방은 부쳤다고 보고한다. 벌써 부쳤다고? 그렇습니다, 확실하게요, — 코모로요. 코모라니? 그리고 옥신각신하며 급하게 말이 오가고 노기를 띤 질문과 당황해하는 답변이 오가는 사이에, 그 가방이 엑셀시오르 호텔의 화물 운송부에서 이미 다른 사람들의 짐과 함께 완전히 잘못된 방향으로 발송되었음이 밝혀진다.

아셴바흐는 이러한 상황 속에서 유일하게 납득될 수 있는 얼굴 표정을 유지하느라 애를 썼다. 어떠한 모험적인 기쁨이, 믿을 수 없는 명랑한 기분이 내면으로부터 거의 발작적으로 솟구쳐 그의 가슴을 뒤흔들었다. 호텔 직원은 혹시라도 가방을 아직 붙잡아둘 수 있을까 하고 황급히 뛰어나가 보았지만, 기대했던 바대로 아무 성과 없이 되돌아왔다. 그래서 아셴바흐는 자기 짐이 없이는 여행하고 싶지 않으니, 다시 되돌아가서 해수욕장-호텔에서 짐이 다시 오기를 기다리기로 했다고 말했다. 호텔의 모터보트가 기차역에 아직 있는가 물으니, 그 남자는 문 앞에 있다고 확언했다. 그는 장황한 이탈리아어로 창구 직원을 설득해 끊은 차표값을 되돌려 받도록 해주었고, 전보를 쳐서 가방을 조속히 되돌려 받을 수 있도록 하는 등, 아무것도 아끼거나 소홀히 하지 않겠다고 맹세하였다. 그래서 — 기차역에 도착한 지 20분 만에 여행객이 다시금 대운하를 통과해 리도로 되돌아가는 길에 있는 자신을 보게 되는 기묘한 일이 벌어진 것이다.

그것은 묘하게 믿을 수 없는, 부끄럽고도 우스꽝스럽고 꿈같은 모험이었다. 너무나 깊은 비탄 속에 잠겨 영원한 이별을 고한 장소를, 운명에 의해 방향 전환이 되어 그가 되돌아오게 되고, 한 시간도 채 안 되어 또 다시 보게 되다니! 그 작고 성급한 배는 뱃머리 앞쪽에 물보라를 일으키면서 곤돌라와 증기선들 사이를 우스꽝스러우리만치 날쌔게 이리저리 빠져나가며 목적지를 향해 돌진해 갔다. 배의 유일한 승객인 아셴바흐는 화가 나 체념한 것처럼 가장한 표정 속에, 가출한 소년과도 같은 불안하면서도 불손한 흥분을 숨기고 있었다. 아직도 여전히, 이따금씩 그의 가슴은 이번의 어긋난 일로 인해 웃느라 동요되었다. 그가 스스로에게 말했듯, 그것은 행운아라 할지라도 그보다 더 호의적으로 엄습할 수는 없을 불행이었다. 여러 가지 설명도 해야 하고, 놀란 얼굴들도 보아 넘겨야 할 것이다, ― 그런 다음에는, 그는 혼잣말했다. 모든 것이 다시 좋아질 것이고, 그러고 나면 불행이 미연에 방지되고 중대한 오류가 바로 잡히는 것이다. 그리고, 그가 뒤에 남겨놓고 왔다고 생각했던 모든 것이 그의 앞에 다시 나타나서 어느 때고 다시 …… 아니 그런데, 그 빠른 항해 때문에 그가 착각한 것일까, 아니면 그렇지 않고 지금 정말 바람이 바다 쪽에서 불어온 것일까?

섬을 가로질러 엑셀시오르 호텔까지 뻗어 있는 좁은 운하의 콘크리트 벽에 물결이 부딪치고 있었다. 한 대의 합승 자동차가 되돌아오는 그를 거기서 기다리고 있다가 물결이 출렁이는 바다 위쪽으로 곧게 난 길을 달려 해수욕장-호텔까지 데려다 주었다. 키가 작고 콧수염을 기른 지배인은 하단이 뾰족한 연미복을 입은 채 인사하기 위해 옥외계단을 내려왔다.

그는 아첨하듯이 낮은 소리로 예기치 못한 사태에 대해 유감을 표했고, 그 일은 그와 회사 측에 지극히 불미스러운 일이라고 말했다. 하지만 여기서 짐을 기다리기로 한 아셴바흐의 결정에 대해서는 확실하게 동감을 표했다. 물론 그가 쓰던 방은 나갔지만, 그에 못지않은 다른 방을 곧바로 마련해 드리겠다는 것이었다. 승강기를 타고 올라갈 때 스위스인인 승강기 운전사는 '운이 없으셨습니다, 선생님', 하고 미소를 지으며 말했다.

그렇게 해서 도망자 아셴바흐는 위치와 시설이 먼젓번 것과 거의 완벽하게 똑같은 방에서 다시 묵게 되었다.

이 기이한 오전의 소동으로 인해 지치고 혼미해진 채, 그는 손가방의 소지품을 방 안에 배치해 놓고 나서 열린 창문 앞에 있는 팔걸이 의자에 앉았다. 바다는 담록색을 띠었고, 공기는 산뜻해지고 맑아진 것 같았다. 하늘은 아직 잿빛을 띠고 있었지만, 방갈로와 보트들이 있는 해변은 더욱 다채로워 보였다. 아셴바흐는 두 손을 무릎 사이에 포갠 채 밖을 내다보면서. 다시 이곳에 있게 된 데 대해서는 흡족해하면서도, 자기의 변덕, 그 자신이 무엇을 원하는지 알지 못한 데 대해서는 머리를 흔들면서 불만스러워했다. 휴식을 취하면서 아무 생각도 없이 꿈을 꾸듯 그렇게 그는 한 시간 가량 앉아 있었다. 정오 무렵 그는 타치오가 빨간 리본이 달린 줄무늬 리넨 양복을 입고 바다로부터 해변 개폐문을 통과하여 판자 다리를 따라서 호텔로 되돌아오고 있는 것을 보았다. 아셴바흐는 그 소년의 모습을 눈으로 확실히 알아보기도 전에, 자신이 있는 높은 창문에서 바로 그 애를 알아보고는, 보아라, 타치오, 너도 역시 다시 여기에 있구나! 등등의 같은 말을 생각해 보려고 했다. 그러나 바로 그 순간 그는 그 느긋한 인사말이 자기 마음의 진실 앞에서 맥없이 무너져 쏙 들어가 버리는 것을 느꼈다. —그는 피가 끓는 듯한 감동, 기쁨, 자기 영혼의 고통을 느꼈으며, 그에게 이별이 그다지도 힘들었던 것이 바로 타치오 때문임을 알았던 것이다.

그는 남의 눈에 띄지 않는 높다란 위치에서 아주 조용히 앉아 자신의 내면을 응시하고 있었다. 그의 얼굴빛은 생기가 감돌았고, 눈썹은 치켜 올라가 있었으며, 호기심에 찬 미소가 그의 입가에 맴돌았다. 그는 고개를 들고, 안락의자 팔걸이 위로 축 늘어뜨린 두 팔을 천천히 돌려 위로 올리면서, 손바닥을 앞쪽으로 향하도록 뒤집었는데, 마치 두 팔을 활짝 펴서 벌리는 것 같은 동작이었다. 그것을 기꺼이 환영의 뜻을 표하고 마음 놓고 맞이하겠다는 몸짓이었다.

제4장

이제 신[14]은 벌거숭이로 매일같이 두 뺨에 열기를 머금고 뜨거운 숨결을 내뿜으며 천공을 가로질러 사두마차를 몰아댔다. 그때 불어닥치는 동풍에 그의 노란 고수머리가 마구 휘날렸고, 흰빛을 띤 비단처럼 광채가 느릿하게 출렁거리는 광대한 바다 위에 떠 있었다. 모래사장은 이글거리고 있었다. 천공의 푸른 기운이 은빛으로 떨리는데, 그 아래에는 해변 방갈로들 앞으로 녹빛깔의 천막들이 펼쳐져 있었고, 이것들이 만들어낸 윤곽이 뚜렷한 그늘에서 사람들은 오전 시간을 보내고 있었다. 그러나 공원의 식물들이 향기를 내뿜고, 별들이 머리 위에서 윤무를 추며, 암흑에 잠긴 바다의 중얼거림이 나지막하게 밀려와 영혼에 대고 말을 걸 때면, 저녁 시간도 더없이 좋았다. 그런 저녁은 그 자체로, 가벼운 질서 속의 여유 있는 새롭고 쾌청한 날이 올 것을, 그리고 연달아서 생겨날 수많은 사랑스러운 우연의 가능성으로 꾸며질 새롭고 쾌청한 날이 올 것을 기분 좋게 보증해 주었다.

그처럼 요행이었던 불운에 의해 여기에 붙잡혀 있게 된 그 손님은 자기 짐을 되찾게 되어도 그것이 다시 출발할 이유가 된

---

14    그리스 신화에 나오는 태양신 헬리오스의 전형적 모습.

다고는 전혀 생각지 않았다. 그는 이틀 동안 얼마간의 불편함을 견뎠고, 식사 때에는 대형 식당에 여행복 차림으로 나타나야 했다. 그러다가, 마침내 잘못 부쳐졌던 짐이 다시 자기 방에 내려 놓이게 되자 그는 짐을 모조리 풀어 옷장과 서랍을 자기 물건으로 가득 채우고, 당분간 기한 없이 체류하기로 마음먹었다. 그는 실크 정장을 입고 해변에서 시간을 보내다가, 저녁 식사 때엔 적절한 저녁 성장을 하고 다시 자기 식탁에 나타날 수 있게 된 데 대해 흡족해했다.

이러한 생활의 쾌적한 규칙적 리듬은 그를 이미 매혹시켰고, 그런 삶을 영위하는 데서 오는 부드럽고 찬연한 온화함은 곧바로 그를 황홀하게 했다. 남국 해변에서의 세련된 해수욕 생활이 주는 매력과, 기분 좋게도 가까이에 마련되어 있는 이 기묘하고 신비한 도시를 결합시키고 있는 이 체류는 사실상 얼마나 훌륭한가! 아셴바흐는 향락을 좋아하지 않았다. 언제 어디서고 축하일 같은 때 논다든지, 느긋하게 쉰다든지, 즐거운 날들을 보낸다든지 하면, — 특히 젊은 시절에 그랬는데 — 그는 곧바로 불안과 거부감 속에서 강도 높게 수고하는, 신성하게 깨어 있는 자기 일상의 소임으로 되돌아가길 갈망했다. 그런데 이곳만큼은 그를 매혹시켜 그의 의지를 누그러뜨리고 그를 행복하게 했다. 오전 중에 때때로 자기 방갈로의 차양 밑에서 남해의 푸르름을 보며 꿈꾸듯이 있을 때, 혹은 훈훈한 밤에도 역시,

마르쿠스 광장에 오래 머물렀다가 별이 총총한 하늘 아래 리도로 다시 돌아오면서 그를 태운 곤돌라의 쿠션에 몸을 기대고 있을 때 — 찬란한 불빛과 세레나데의 애끓는 음향을 뒤로 하고 —, 그는 산악지대에 있는 자기 별장을, 그러니까 그가 여름날 고투하던 장소를 떠올렸다. 그곳에서는 구름이 정원 깊숙이 몰려오고, 저녁이면 무서운 천둥 번개가 집 안의 불을 꺼버리고, 그가 먹이를 주는 까마귀들이 소나무 꼭대기에서 푸드덕거리기도 했다. 그러고 보니 그는 극락의 땅에, 지구의 끝에 와 있는 것 같았다. 그곳은 인간들에게 고생 없이 지낼 수 있는 삶이 부여되고, 눈과 겨울, 폭풍우와 세차게 쏟아지는 비가 아닌, 늘 부드럽게 식혀주는 오케아노스의 숨결이 불어 올라오고, 행복한 여유로움 속에서 수고도 투쟁도 없이 하루하루가 흘러가며 태양과 축제에만 매일이 바쳐지는 그런 곳일 터였다.

수없이, 거의 끊임없이 아셴바흐는 소년 타치오를 보았다. 공간이 국한되고, 각자에게 주어진 삶의 질서대로 생활하다보니, 그 아름다운 소년은 잠깐씩 말고는 거의 온종일 그와 가까이 있게 된 것이다. 그는 도처에서 그 소년을 보거나 마주쳤다. 호텔의 아래층 홀에서, 시내로 가거나 거기에서 돌아오는 시원한 항해 중에 보았고, 우연의 혜택을 입었을 때는, 화려한 광장에서조차 보았으며, 또 중간중간 길거리와 잔교에서 볼 때도 자주 있었다. 그렇지만 주로, 그리고 가장 행복하게 규칙적으로 그 고귀한 모습을 찬양하고 연구할 수 있는 느긋한 기회를 그에게 희사해 주는 것은 해변에서 보내는 오전 시간이었다. 정말이지, 이와 같은 행복한 구속, 날마다 한결같이 재개되는 호의적 상황이 너무 좋았다. 그것은 그를 만족감과 삶의 기쁨으로 충만하게 해주었고, 그의 체류를 더욱 값지게 만들었으며, 청명한 하루하루가 그토록 기분 좋게 연결되어 다른 날들로 이어지도록 했다.

아셴바흐는 작업에 대한 욕구가 요동칠 때면 늘 그랬듯이 이른 시간에 일어나, 아직 태양이 부드럽고, 바다가 하얗게 반짝이며 아침의 꿈속에 빠져 있을 때. 다른 누구보다도 먼저 해변으로 갔다. 그는 해변 개폐문을 지키는 수위에게 친절하게 인사하고, 또한 자신에게 자리를 마련해 주며 갈색 차양을 펴주고 오두막의 가구를 밖으로 내어다가 나무 바닥 위에 놓아주는 맨발의 하얀 수염의 남자에게도 친근하게 인사를 건네고 자리에 앉았다. 그러고 난 후의 서너 시간 동안은 해가 중천에 떠올라 엄청난 위력을 발휘하고 바다가 더 깊은 푸른빛을 띠는 시간이었고, 아셴바흐가 타치오를 바라볼 수 있는 시간이었다.

그는 그 소년이 왼쪽에서 바닷가를 따라 뒤쪽 방갈로들 사이에서 나타나는 것을 보았다. 아니면, 소년이 오지 않는 줄 알고 있다가, 지금 소년이 해변에서 입는 유일한 옷인 푸르고 하얀 수영복 차림으로 이미 와서, 평소에 하던 습관대로 모래 위

햇빛 속에서 돌아다니는 모습을 갑자기 발견하면서 기뻐하면서 놀라기도 했다. ― 이 사랑스럽고도 무의미하며 한가하면서 어수선한 삶은 그 자체가 놀이였고 휴식이었다. 그것은 빈둥대며 걸어다니거나 물장구를 치고 모래를 파고, 술래잡기를 하거나 누워 있거나 헤엄을 치는 따위였다. 여자들은 나무판자 바닥 위에 앉아 그를 지켜보았고, 두성으로 "타치우! 타치우!" 하고 이름을 외치면서 그를 불렀다. 그러면 그는 열렬한 몸짓을 하며 그들 쪽으로 달려가, 자신이 경험한 것을 그들에게 이야기해 주기도 하고, 자신이 발견해서 잡은 것, 즉 조개나 불가사리, 해파리 그리고 옆으로 걸어 다니는 게 등을 보여주곤 했다. 아셴바흐는 그 애가 하는 말을 한마디도 알아듣지 못했지만, 그것은 지극히 일상적인 말 같았고, 그의 귀에는 모호하고 듣기 좋은 음으로 들렸다. 그렇게 낯설게 들려온 소년의 말은 음악으로 고양되었고, 당당하기 짝이 없는 태양이 소년의 머리 위로 아낌없이 휘황찬란한 빛을 쏟아부었으며, 장엄하고 깊은 바다의 광경은 그의 모습 뒤에서 언제나 후광과 배경이 되어주었다.

얼마 가지 않아 이 관찰자는 그처럼 자유롭게 자신을 표현하는 이 고귀한 신체의 모든 선과 자태를 다 알게 되었고, 이미 친숙한 모든 아름다움에 대해 새삼스레 반갑게 인사했으며, 감탄과 섬세한 감각적 기쁨이란 끝이 없음을 느꼈다. 여자들이 방갈로로 자기들을 방문한 어떤 손님에게 인사하라고 소년을 불렸다. 그는 뛰어왔는데, 아마 밀물에서 놀다 나왔는지 젖은 채였고, 고수머리를 뒤로 젖히는 것이었다. 한쪽 다리에 몸을 의지하고 그 발끝 위에 다른 쪽 발을 올린 채 손을 내밀면서 그는 매력적으로 몸을 비틀며 돌렸는데, 거기에는 우아한 긴장감이 넘쳤고, 사랑스러움에서 오는 수줍음과, 귀족의 의무에서 나오는 애교가 엿보였다. 소년은 목욕수건을 가슴에 두른 채 부드럽게 다듬어진 팔을 모래에 받치고서 턱을 오므린 손에 파묻고 사지를 뻗은 채 누워 있었다. '야슈'라 불리는 아이가 그 소년 곁에 쪼그리고 앉아 비위를 맞추고 있었다. 그 빼어난 소년이 이 보잘것없는 신하에 지나지 않는 소년을 쳐다볼 때의 눈과 입가에 떠오르는 미소보다 더 매혹적인 것은 있을 수 없었다. 타치오는 자기 가족과 떨어져 아셴바흐와 아주 가까운 곳에서 물가에 혼자 서 있었다. 몸을 곧추세우고 두 손을 깍지껴 목에 두른채 발끝으로 천천히 몸을 흔들면서 꿈을 꾸는 듯 새파란 바다를 바라보고 있었는데, 밀려오는 작은 파도들이 그의 발가락을 적시고 있었다. 그의 벌꿀빛 머리카락은 둘둘 말려 관자놀이와 목덜미에 찰싹 달라붙어 있었고, 태양이 척추 위쪽에 난 솜털을 비추고 있었다. 몸통에 꼭 끼게 두른 목욕수건 때문에 늑골의 섬세한 윤곽과 가슴 균형이 역력히 드러났다. 그의 양쪽 겨드랑이는 아직도 털이 나지 않아 조각상에서 보듯 매끄러웠고, 두 무릎은 윤기로 반짝이고 있었다. 푸르스름한 혈관은 그의 몸이 마치 투명한 소재로 만들어진 것처럼 보이게 했다. 쭉 뻗은 이 젊고 완전한 몸에 어떠한 규율이, 어떠한 명징한 사고가 표현되어 있단 말인가! 드러나지 않게 작용하여 이 성스러운 조각상을 이 세상에 내어놓을 수 있었던 그 엄격하고도 순수한 의지! — 그것은 예술가인 그가 친숙하게 속속들이 잘 알고 있는 게 아닌가? 그 역시 냉정한 정열에 가득 차서 언어라는 대리석 덩어리에서 매끈한 형식을 풀어낼 때, 그러한 의지는 그 자신에게도 작용했던 것이 아닌가? 그가 정신 속에서 통찰한 것을 정신적 아름다움의 전형과 귀감으로서 사람들에게 내어 보인 것이 그러한 형식이지 않았던가!

전형과 귀감이라! 그의 두 눈은 저기 푸른 바다 가장자리에 있는 그 고귀한 형상을 감싸 안았다. 그리고 그는 열렬한 황홀감에 빠져 이렇게 바라보는 것이 아름다움 그 자체를 이해하는 것이라고 생각했다. 그 아름다움은 신의 사고로서의 형식이고, 정신 속에 살아있는 유일하고도 순수한 완전성이었다. 그 완전성으로부터 인간의 모습을 띤 하나의 비유적 모상이 숭배를 받도록 여기에 경쾌하고도 우아하게 세워져 있는 것이다. 그것은 도취였다. 그리하여 그 늙어가는 예술가는 깊이 생각할 것도 없이 그야말로 탐욕적으로 그 도취를 기꺼이 받아들였다. 그의 정신은 산고의 고통을 겪게 되었고, 그의 교양은 격랑에 휩쓸렸으며, 그의 기억은 젊은 시절에 섭렵은 해놓았지만, 지금껏 한 번도 스스로 점화한 불에 의해 살아난 적이 없는 태곳적 사고를 불러일으켰다. 태양은 우리의 주의력을 지적인 것에서 감각적인 것으로 돌려놓는다고 어딘가에[15] 쓰여 있지 않던가? 또 거기에는, 태양이 오성과 기억력을 마비시키고 현혹시키는 나머지 영혼은 향락에 빠져 자신의 원래 상태를 완전히 잊어버리고, 태양이 비추는 대상들 중 가장 아름다운 것을 찬탄하고 찬미하는 데에 여념이 없게 된다고도 쓰여 있다. 그렇다, 육체의 도움을 받아서만이 영혼은 드높은 관조의 경지까지 올라갈 수 있다. 정말이지 아모르 신은 무능한 아이들에게 순수한 형식을 이해하기 쉬운 그림으로 보여주는 수학자와 같은 일을 했다. 신도 역시 우리에게 정신적인 것을 보여주기 위해 젊은 인간의 형상과 색채를 사용한 것인데, 신은 그것을 미의 온갖 광채로 장식하여 기억의 도구로 만들어 놓았다. 그리고 그것을 바라볼 때 우리는 필시 고통과 희망 속에 불붙게 된다.

그 열광한 자는 이 같은 생각을 했고 그렇게 느낄 수도 있었다. 황홀한 바다와 태양의 광채로부터 그에게는 매력적인 상 하나가 만들어졌다. 그것은 아테네의 성벽에서 멀지 않은 곳에 있는 오래된 플라타너스 나무였는데, ― 성스럽게 그늘이 지고 정절나무의 꽃향기로 가득한 그곳은 님프와 아켈로스를 기리

---

15  토마스 만의 일기에 의하면, 플루타르코스의 《에로티코스Eroticos》라고 함.

기 위해 성화들과 경건한 공양물로 장식되어 있었다. 넓게 가
지를 뻗은 나무 밑둥에는 시냇물이 너무나 맑게 매끄러운 조약
돌 위로 흐르고, 매미가 울고 있었다. 그런데 누워서도 머리를
들고 있을 수 있을 정도로 완만하게 경사가 진 잔디밭 위에는
대낮의 열기를 피해 그리로 온 두 사람이 누워 있었다. 한 늙수
그레한 남자와 한 젊은이, 추하게 생긴 한 사람과 아름다운 한
사람이었는데, 그것은 사랑스러운 젊은이를 대동한 현자의 모
습이었다. 그리고 점잖으면서도 기지에 넘치는 농담을 섞어가
며 소크라테스는 파이드로스에게 동경과 미덕에 관해 가르치
고 있었다. 그는 눈으로 영원한 아름다움의 비유를 바라보게
될 때 그걸 느끼는 사람으로서 겪게 되는 격렬한 놀라움에 관
해 파이드로스에게 이야기했다. 그리고 아름다움의 상징물을
보고도 경외심을 느낄 수 없어서 아름답다는 생각을 하지도 못
하는 불경하고 간악한 인간의 탐욕에 관해서 이야기했다. 또한
신과 같은 모습, 완전무결한 육체가 앞에 나타날 때 고귀한 자
에게 엄습하는 성스러운 두려움에 관해서도 이야기했다. ― 그
럴 때에 고귀한 자가 얼마나 흥분하여 온몸을 떨며, 제정신을
잃고 감히 쳐다볼 엄두도 내지 못하면서 아름다움을 지닌 자를
숭배하게 될지를 말하면서, 심지어는, 사람들에게 바보 취급당
하는 것이 두렵지만 않다면, 우상을 받치는 기둥이 되어 그에게
제물을 바칠 것이라고도 말했다. 왜냐하면, 파이드로스여, 아름

다움만이 사랑스러운 동시에 눈으로 볼 수 있는 것이기 때문이다. 그러니 잘 기억해 두어라! 그것이야말로 우리가 감각적으로 받아들일 수 있고 감각적으로 견딜 수 있는 단 하나의 정신적 형태인 것이다. 만약 그렇지 않고 그 밖의 거룩한 것, 이성이나 미덕, 진리 같은 것이 우리에게 감각적으로 나타난다면, 우리는 대체 어떻게 되겠는가? 옛날에 세멜레[16]가 제우스 앞에서 그랬듯이, 우리도 사랑 때문에 여위어 가다가 다 타버리지 않겠는가? 그러므로 아름다움이란 느낄 수 있는 자가 정신에 이르는 길이다, — 그저 길에 지나지 않으며 수단일 뿐인 것이다. 어린 파이드로스여…… 이렇게 말하고 나서 노련한 구애자인 소크라테스는 가장 미묘한 것을 이야기했는데, 그것은 사랑하는 사람은 사랑받는 사람보다 더욱 거룩하다는 얘기였다. 사랑하는 사람 속에는 신이 있지만, 사랑받는 사람 속에는 신이 없기 때문이라는 것이었다. 이것은 어쩌면 지금까지 인간이 생각했던 것 중에서 가장 부드럽고도 가장 조롱 섞인 생각일지 모른다. 동경에 담긴 온갖 교활함과 지극히 비밀에 찬 욕정은 바로 이 생각에서 비롯된다.

---

16  세멜레는 테베의 왕인 카드모스의 딸로서 제우스와의 사이에서 디오니소스를 낳았다. 질투한 헤라에게 기만당하여, 번개의 신으로서의 제우스의 장엄한 모습을 보고 싶다는 그녀의 소원을 제우스가 들어 주었기 때문에 벼락에 맞아 죽었다.

작가의 행복이란 완전한 감정이 될 수 있는 생각을 하는 것이며, 또한 완전히 생각이 될 수 있는 감정을 갖는 것이다. 고독한 사람 아셴바흐는 그 당시 그렇게 약동하는 생각과 그렇게 엄밀한 감정을 가지고 있었고, 그 생각과 감정에 따르고 있었다. 말하자면, 정신이 아름다움 앞에서 공손하게 경배하면 자연은 기쁨에 겨워 전율한다는 것이다. 그는 갑자기 글을 쓰고 싶어졌다. 사실 에로스는 빈둥거리는 삶을 사랑하고, 오로지 그러한 삶을 위해서만 창조되었다고 한다. 하지만 이러한 위기의 순간에 위기를 당한 자의 흥분은 창작을 위해 작용하게 되어 있는 것이었다. 그 동기야 무엇이건 상관이 없었다. 문화와 취향이라는 그 어떤 중대하고 시급한 문제에 대하여 소신을 명백히 알려달라는 질의, 일종의 자극이 정신세계의 현안으로 부상했고, 그것은 여행을 떠나와 있는 이 작가에게까지 와 닿았다. 그 주제는 그에게 친숙한 것이었고 그가 체험한 것이었다. 그는 갑자기 그 주제를 자신의 언어로 조명하여 환하게 빛나도록 해보고 싶은 욕망을 주체할 수 없었다. 그런데 사실 그의 욕망은 타치오가 있는 자리에서 작업하고, 글을 쓸 때는 타치오의 신체를 모델로 삼고, 그의 문체는 신을 닮은 듯한 그 신체의 선(線)에 따르도록 하여, 마치 그 옛날 독수리가 트로이의 목동[17]을

----

17    아름다운 소년 가뉘메드(Ganymed)에 대한 제우스의 사랑을 내용으로 하

하늘 높이 낚아채 갔던 것처럼, 소년의 아름다움을 정신적인 것으로 옮겨놓고 싶다는 데로 치닫고 있었다. 그는 말이 주는 쾌락을 이보다 더 달콤하게 느낀 적이 없었으며, 에로스가 말 속에 있으리라고는 결코 알지 못했다. 이를테면 그늘막 아래에 놓인 조잡한 탁자에 앉아 자신의 우상을 눈앞에 보고 그의 음악 같은 목소리를 귀로 들으면서 소년 타치오의 아름다움에 대해 짧은 글을 쓰고 있는 그 위태로우면서도 귀중한 몇 시간 동안에도 에로스는 그 말 속에 있었던 것이다. 그 글은 한쪽 반 정도의 분량으로 정선된 산문으로 쓰였는데, 그 글의 순수성과 고귀함 그리고 고조된 감정의 긴장은 머지않아 많은 사람들의 경탄을 불러일으킬 것이었다. 세상 사람들이 작품의 기원이나 생성 조건들은 알지 못하고 그냥 아름다운 작품만을 알게 되는 것은 분명 좋은 일이다. 왜냐하면 예술가에게 영감을 불어넣은 원천을 알게 되면, 종종 그들은 혼란에 빠지거나 겁을 집어먹게 되고, 따라서 그 탁월한 작품의 효과는 사라질 것이기 때문이다. 기묘한 몇 시간! 기묘하게 신경을 소모시키는 수고! 생산적일

---

는 신화의 내용이다. 트로이의 왕자 가뉘메드를 우연히 보게 된 제우스는 그를 사랑하게 되었고, 그 소년을 자신의 곁에 두고자 독수리(또는 회오리바람)로 변해서 올림포스 산으로 납치하여 신들의 음료인 넥타르를 따르는 시종으로 삼는다. 그렇게 함으로써 헤라의 질투를 피한다. 이것은 그리스적 동성애의 상징으로 볼 수 있다.

가능성이 희박한, 정신의 육체와의 교섭! 작업하던 원고를 집어넣고 해변을 떠날 때 아셴바흐는 지칠 대로 지쳐서 정말이지 녹초가 된 느낌이 들었고, 마치 방탕한 짓을 즐긴 후에 자기 양심이 탄핵이라도 거는 듯한 기분이었다.

다음 날 아침의 일이었다. 막 호텔을 나서려던 아셴바흐는 옥외계단으로부터, 타치오가 벌써 — 그것도 혼자서 — 바다 쪽으로 가려고 해변으로 통하는 울타리 문으로 다가가고 있는 것을 보았다. 이 기회를 이용하여 부지중에 자신에게 그토록 많은 정신적 고양(高揚)과 감동을 선사한 그 소년과 경쾌하고 명랑한 인사를 나누고, 소년에게 말을 걸어 그의 대답과 그의 시선을 즐기고 싶은 소망이, 그런 단순한 생각이 떠오르더니 걷잡을 수 없이 밀려들었다. 아름다운 소년은 어슬렁거리며 걸어가고 있었다. 아셴바흐는 소년을 따라잡을 수 있을 것 같아서 발걸음을 재촉했다. 그는 방갈로들 뒤쪽에 있는 나무판자 길에서 소년을 따라잡는다. 그는 소년의 머리 위에, 어깨 위에 손을 올려놓고 싶어 한다. 어떤 말 한마디가, 다정한 프랑스어 한마디가 그의 입가에서 맴도는데, 그때 그는 자기 심장이, 어쩌면 너무 빨리 걸어서 그럴 수도 있겠지만, 마치 망치로 두드리는 것같이 두근거리는 것을 느끼며, 이렇게 숨이 가빠지게 되면 그저 억눌려서 떨리는 소리밖에는 나오지 않을 것 같다. 그는 머뭇거리며 마음을 가라앉히려고 애쓴다. 그런데 그는 갑자기 자기가 너무 오랫동안 아름다운 소년의 뒤를 바짝 따라가고 있지 않는가, 하는 두려움이 생기고, 소년이 이를 눈치채서 무슨 일인가 하고 주위를 둘러보지나 않을까 하고 겁을 내면서도 다시 한번 걸음을 빨리하려고 시도해 보지만 끝내 실패하더니 포기해 버리고, 머리를 숙인 채 소년의 곁을 그냥 지나쳐 버리고 만다.

너무 늦었어! 그 순간 아셴바흐는 그렇게 생각했다. 너무 늦었어! 그런데 정말 너무 늦었을까? 그가 내디디려다가 그만 포기한 그 발걸음은 어쩌면 좋은 결과를 가져와 마음이 가볍고 즐거워지며 그가 건실하게 각성하게 되는 결과를 가져왔을지 모른다. 다만 이 늙어가는 이 작가는 그러한 각성을 원하지 않았고, 도취된 상태를 너무나 소중하게 생각했다는 게 문제였을 것이다. 누가 예술가 정신의 본질과 특징을 규명할 것인가! 누가 예술가 정신의 본질을 이루고 있는 규율과 무절제의 심오한 본능적 융합을 이해할 것인가! 그 건실한 각성을 원치 않을 수 있다는 것이야말로 바로 무절제인 것이다. 아셴바흐는 더이상 자기비판을 할 마음이 없었다. 그의 미적 취향과 그의 나이에 갖게 되는 정신적 기질, 자존감, 원숙함 그리고 노년의 단순성 때문에, 그는 자기의 의도를 실행하지 못한 것이 양심의 가책 때문인지, 아니면 방종함과 나약함 때문인지, 그 동인(動因)을 분석하고 판가름할 기분이 들지 않았다. 그는 혼란스러웠고, 혹 누군가가, 비록 해안 경비원밖에 없긴 했지만, 자기가 발걸음을 빨리해서 소년을 뒤쫓아 갔다가 실패한 것을 목격했으면 어쩌나 하고 염려되었고, 자신이 우스꽝스럽게 보이지 않았을까 몹시 걱정되었다. 말이 나왔으니 말이지만, 그는 그렇게 우스꽝스럽고도 성스러운 불안감을 가지고 있는 자기 자신과 농지거리를 하고 있었던 것이다. '당황스러웠어', '마치 싸우다가 겁을 가득 집어먹고 날갯죽지를 축 내려버린 수탉처럼 당황스러웠지 뭐야. 사랑스러운 이를 보는 순간 그렇게 우리의 용기를 꺾어버리고 우리의 당당한 감각을 그토록 여지없이 때려눕히는 것은 분명히 신이 하는 짓일 거야……' 하고 그는 생각했다. 그는 이런 생각의 유희를 즐기고 몽상에 빠졌으며, 그 어떤 감정을 두려워하기에는 너무나 기고만장하였다.

이미 그는 자기 자신에게 허용한 이 한가로운 시간의 흐름을 더는 통제하고 있지 않았다. 집으로 돌아간다는 생각 같은 건 한 번도 떠오르지 않았다. 그는 풍족하게 돈을 보내도록 해놓았다. 그의 걱정거리는 단지 폴란드인 가족들이 혹시라도 떠나버리지 않을까 하는 것이었다. 그런데 그가 호텔 이발사한테 살짝 지나가는 말로 물어본 결과, 그 폴란드인 일행이 아셴바흐 자신이 도착하기 바로 직전에 이곳에 왔다는 것을 알아내었다. 태양은 그의 얼굴과 손을 갈색으로 태웠고, 소금기를 머금은 자극적인 바람은 그의 감정을 한층 고조시켰다. 보통 때 같으면 수면과 영양섭취, 자연으로 인해 원기가 회복되면 그 힘을 모조리 곧바로 하나의 작품에 쏟아붓곤 해왔었지만, 이제 그는 태양과 한가로움과 바닷바람이 공급해주는 매일의 활력을 대범하고도 비생산적이게도 도취와 감각 속에 모두 소멸되도록 내버려두는 것이었다.

그는 잠을 깊이 자지 못했다. 소중할 정도로 단조로운 낮들은 행복한 불안으로 가득 찬 짧은 밤들과 경계를 이루며 분리되어 있었다. 그는 약간 이른 시간에 잠자리에 들었는데, 타치오가 무대에서 사라지는 시간인 아홉 시가 되면 그에게는 하루가 끝난 것 같았기 때문이었다. 하지만 새벽 동이 틀 무렵이면 아셴바흐는 부드럽게 파고드는 놀라움 속에서 잠이 깼고, 그의 심장은 자기가 지금 빠져 있는 모험을 기억해 내었다. 그러면 더이상 이불 속에 누워 있을 기분이 아니어서 자리에서 일어나, 새벽의 한기를 피해 가볍게 몸을 감싼 채 열린 창가에 앉아 해가 떠오르기를 기다렸다. 그 놀라운 사건은 잠으로 정화된 그의 영혼을 경건함으로 가득 채웠다. 하늘과 땅, 바다는 아직도 유령처럼 무표정한 어스름 속에 잠겨 있었고, 실체 없는 허공에는 사그라지는 별 하나가 아직 남아 헤엄치듯 가물거리고 있었다. 그런데 머나먼 곳에서 온 활기찬 손님인 바람 한 가닥이 불어오자, 새벽의 여신 에오스[18]는 남편의 곁으로부터 몸을 일으킨

----

18  에오스: 그리스 신화에 나오는 새벽의 여신. 아침 해가 뜰 때에 장밋빛 손

다. 그리고 까마득히 저 멀리 하늘과 바다가 맞닿은 곳에는 최
초의 감미로운 홍조가 번지는데, 이를 통해 천지만물이 감각을
얻게 되는 것을 볼 수 있다. 여신이 다가오고 있었다. 클레이토
스[19]와 케팔로스[20]를 납치하여, 올림포스 여러 신들의 질투에
도 아랑곳하지 않고 그 아름다운 오리온[21]과 사랑을 즐긴 소년
납치범 에오스가 다가오고 있는 것이다. 저기 저 세상의 가장자
리에서부터 장미가 흩날리기 시작했고, 이루 말할 수 없이 경건
한 빛이 비치고 꽃이 피었으며, 천진난만한 구름들이 변용되어
환한 빛을 뿜으며 사랑의 동신(童神)들과도 같이 장밋빛의 푸
르스름한 연무 속에 둥둥 떠 있었다. 자줏빛 광채는 바다 위로
떨어지고, 바다는 물결치며 그 빛을 앞으로 띄워 보내는 것 같
았다. 황금빛 창들이 아래쪽에서부터 하늘 위로 솟구쳤고, 그
광채는 소리 없이 불덩어리가 되었다. 격정과 욕정 그리고 타오
르는 불꽃이 신적인 위력을 발하며 너울거렸다, 그리하여 형제

가락으로 밤의 포장을 연다고 한다. 로마 신화의 오로라에 해당한다.

19  클레이토스: 그리스 신화에 등장하는 인물로 예언자 멜람푸스의 손자. 새
    벽의 여신 에오스는 클레이토스의 잘생긴 모습에 반해 그를 납치하여 신
    의 세계로 데려갔다.

20  케팔로스: 그리스 신화에 나오는 인물. 새벽의 여신 에오스에게 납치되어
    여신과의 사이에 파에톤을 낳았다.

21  오리온: 그리스 신화의 거인으로서 미남 사냥꾼. 바다의 신 포세이돈의 아들.

가 탄 성스러운 준마(駿馬)들은 말발굽을 구르며 지구 위로 뛰어올랐다. 고독한 파수꾼 아셴바흐는 그 찬란한 신의 광채를 받으면서 앉아 두 눈을 감고 신의 영광이 자신의 눈꺼풀에 입맞추도록 했다. 그의 삶의 엄격한 직무 수행 중에 죽어버렸다가 이제 와서 이렇게 묘하게 변화되어 되돌아온 예전의 감정, 예전의 소중한 가슴앓이, — 그러한 것들을 그는 혼란스럽고 의아해하는 미소를 띤 채 인식했다. 그는 생각에 잠겼고, 꿈을 꾸었으며, 입술은 천천히 하나의 이름을 만들어내었다. 그리고 여전히 미소를 띠운 채 얼굴을 위쪽으로 향하고 두 손을 무릎 사이에 포개놓고서 안락의자에 앉아 다시 한 번 단잠에 빠졌다.

하지만 이처럼 열정적이고 장엄하게 시작된 하루는 전체적으로 신기하게 고양되어 신화적으로 변했다. 갑자기 그토록 부드럽고도 의미심장하게, 마치 천상의 속삭임처럼 관자놀이와 귀 주위를 맴돌며 스쳐 지나가는 이 미풍은 어디에서 불어왔으며 어디서 생겨난 것일까? 작고 하얀 솜털구름은 신들의 초원에서 풀을 뜯고 있는 가축 떼처럼 하늘 여기저기에서 무리를 이루며 퍼져 있었다. 더 거센 바람이 불어왔고, 그러자 바다의 신 포세이돈[22]의 말들이 뒷발을 세우고 일어나 질주하기 시작했다. 아마도 푸르스름한 곱슬머리 신 포세이돈을 따르는 황소들

---

22  포세이돈은 말과 황소를 신성시한다.

도 뿔을 내린 채 포효하며 내달렸을 것이다. 멀리 떨어진 해변의 암벽 사이에서는 마치 껑충껑충 뛰어오르는 염소처럼 파도가 출렁거리며 솟아올랐다. 목신 판의 공포와 두려움의 삶[23]으로 가득 찬 성스럽게 변형된 세계는 황홀경에 빠진 남자 아셴바흐를 에워싸고 있었다. 그의 심장은 감미로운 동화의 세계를 꿈꾸고 있었다. 베네치아 뒤편으로 해가 저물어 갈 때면 그는 타치오를 보기 위해 자주 공원 벤치에 앉아 있었다. 타치오는 하얀색 옷에 알록달록한 허리띠를 두른 채, 평평하게 고른 자갈밭에서 공을 가지고 재미나게 놀고 있었는데, 그럴 때 아셴바흐는 두 명의 신이 그를 사랑했기 때문에 죽지 않으면 안 될 운명에 처한 히아킨토스[24]를 바라보고 있는 것과 같은 착각을 일으켰다. 그렇다, 아셴바흐는 계속 아름다운 소년과 놀기 위해 신탁이며 활이며 현악기도 잊어버린 연적(戀敵)에게 느낀 제피로스의 고통스러운 질투심을 따라 느낄 수가 있었다. 아셴바흐는 끔찍한 질투심에 의해 조종되는 그 원반이 사랑스러운 소년

---

23    여기서는 그리스 신화의 판(Pan), 즉 목신(牧神)을 의미한다. 숲, 사냥, 목축을 맡아보는 신으로 공포와 두려움의 신이다. 반은 사람, 반은 동물의 모양을 하고 있다. 로마 신화의 파우누스(Faunus)에 해당한다.

24    히아킨토스: 그리스 신화에 나오는 미소년. 아폴론의 총애를 받았으나 이를 질투한 서풍(西風)의 신(神) 제피로스(Zephyros)가 던진 원반에 맞아 죽었는데, 그때에 흘린 피에서 히아신스라는 꽃이 피었다고 한다.

의 머리를 맞히는 것을 보았다. 그러면서 그 역시 얼굴이 창백해지며 무릎이 꺾인 채, 축 늘어진 소년의 몸을 부여잡았다. 그러자 달콤한 피에서 한 송이 꽃이 움터 나와 소년의 한없는 비탄을 전하는 비문(碑文)이 되어 주었다……

눈으로만 서로를 알고 있는 사람들끼리의 관계보다 더 야릇하고 미묘한 것은 없다. — 그들은 매일같이, 아니 매 시간마다 서로 만나기도 하고 쳐다보기도 하면서도 인습이나 자신의 변덕 때문에 한마디 말도 인사도 없이 짐짓 무관심한 낯섦을 가장하며 뻣뻣하게 행동할 수밖에 없다. 그들 사이에는 불안감과 극도로 자극된 호기심이 있고, 인식과 교제에 대한 욕구가 불만족스럽고 부자연스럽게 억압되어 생겨나는 히스테리, 말하자면 일종의 긴장된 존중의 감정이 존재한다. 왜냐하면 인간이란 상대방을 판단할 수 없는 한에서 그를 사랑하고 존중하는 것이며, 동경이란 불충분한 인식의 소산이기 때문이다.

아셴바흐와 어린 타치오 사이에는 필연적으로 모종의 관계, 모종의 친교가 생기지 않을 수 없었다. 그리고 나이든 아셴바흐로서는 자신이 관심을 기울이고 주목하는 것에 대해 상대의 반응이 전혀 없는 것이 아님을 확인하고, 가슴 떨리는 기쁨을 느낄 수 있었다. 예를 들면, 아침에 그 아름다운 소년이 바닷가에 나타날 때 이제 더는 방갈로 뒤편의 판자 다리를 이용하지 않고 앞쪽 길을 통해 모래사장을 가로질러 아셴바흐가 있는 곳 옆으로 지나가며, 때로는 불필요하게 그의 옆에 바짝 붙어서 그의 탁자와 의자를 거의 스치듯 지나면서 자기네 방갈로로 느릿느릿 걸어가곤 했는데, 대체 무엇 때문일까? 우월한 감정을 지닌 자가 풍기는 매력 내지 매혹이 연약하면서도 무심한 상대방에게 이런 식으로나마 영향을 끼친 것일까? 아셴바흐는 날마다 타치오가 나타나기를 기다렸다. 그러다가 막상 타치오가 나타나면, 자기 일이 바쁜 척하면서 그 아름다운 소년이 지나가는 데 일부러 무관심한 태도를 취했다. 하지만 어떤 때는 고개를 들어 쳐다보다가 두 사람의 시선이 마주치기도 하였다. 그런 일이 일어나면 둘 다 무척 진지한 표정을 지었다. 나이 든 자의 교양 있고 기품 있는 표정 속에서는 내면의 동요가 전혀 드러나지 않았다. 하지만 타치오의 눈 속에서는 탐색의 기색과 깊이 생각하는 듯한 의구심이 일었고, 발걸음에는 머뭇거림이 나타났다. 그러면서 소년은 시선을 땅에 떨어뜨렸다가 다시 눈을 들면서 사랑스럽게 쳐다보는 것이었다. 소년이 지나갈 때 그의 태도에서는 단지 몸에 밴 교육 때문에 고개를 돌리지 못하는 듯한 인상을 받았다.

그런데 어느 날 저녁, 평상시와는 다른 일이 일어났다. 폴란드인 남매들이 가정교사까지 포함해서 만찬 때에 대형 식당에 나타나지 않은 것이었다. 아셴바흐는 이 사실을 확인하고 걱정스러운 생각이 들었다. 그는 식탁을 둘러보았고, 야회복에 밀짚모자를 쓴 채, 그들이 어디에 있을까, 하고 몹시 불안한 심정으로 그들이 있을 만한 곳을 찾아보았다. 호텔 앞쪽과 테라스 밑치를 이리저리 돌아다니기도 하였다. 그러다가 그는 갑자기 수녀를 닮은 자매들이 가정교사와 함께 등장하는 것을 보았고, 게다가 이들로부터 네 발짝 정도 뒤에서 타치오가 아치형의 가로등 불빛을 받으며 등장하는 것을 발견하게 되었다. 무슨 이유인지는 몰라도 틀림없이 그들은 시내에서 식사하고, 증기선 잔교로부터 돌아오는 것 같았다. 아마 바다 위가 서늘했던 모양인지, 타치오는 금빛 단추가 달린 검푸른 선원복 외투를 입고, 머리에는 그에 맞는 모자를 쓰고 있었다. 소년의 피부는 햇빛과 바닷바람에 그을리지도 않았는지 처음 보았을 때와 마찬가지로 대리석같이 누르스름한 빛깔을 띠고 있었다. 하지만 오늘은 날씨가 서늘했던 탓인지, 아니면 가로등이 달빛처럼 흐릿해서 그런지 소년은 오늘따라 유난히 창백해 보였다. 균형 잡힌 그의 눈썹은 더욱 선명하게 두드러져 보였고, 두 눈은 깊게 짙어졌다. 그는 이루 형용할 수 없으리만치 아름다웠다. 아셴바흐는 이미 여러 번 그랬듯이, 언어란 감각적인 아름다움을 찬양할 수는 있지만 재현할 수는 없다는 사실을 뼈아프게 느꼈다.

그는 소년의 그 귀한 출현을 예상치 못했다. 그것은 뜻밖에 닥친 일이라, 그는 미처 얼굴 표정을 안정되고 품위 있게 가다듬을 여유가 없었다. 그리워하던 사람의 시선을 그의 시선이 만

났을 때, 거기엔 기쁨, 놀라움, 경탄 등의 감정이 그려졌을지도 모른다. — 그리고 이 순간 타치오가 미소를 짓는 일이 생겼다. 말하는 듯 친숙하고 애교스러웠으며 솔직했고, 입술은 미소를 지을 때 비로소 천천히 벌어졌다. 그것은 반사하는 물 위로 몸을 기울이는 나르시스의 미소, 자기 자신의 아름다움을 비춘 그림자를 향해 팔을 뻗었을 때의 저 깊고 마술에 걸린 매혹당한 미소였다. — 아주 조금 일그러진 그 미소는 자기 그림자의 아리따운 입술에 입맞추려는 노력이 가망 없어 일그러졌으나, 교태와 호기심을 지닌, 은밀하게 고통스러워하며 현혹당하면서 또한 현혹하는 그런 미소였다.

이런 미소를 받은 그 사람은 마치 숙명적인 선물인 양 그것을 가지고 서둘러 달아났다. 너무 큰 충격을 받은 그는 앞뜰 테라스의 밝은 빛을 피하지 않을 수 없었고, 급한 걸음걸이로 뒤쪽 공원의 어두운 곳을 찾았다. 묘하게 격분되면서도 애정어린 경고가 그의 입에서 새어 나왔다. "너는 그렇게 미소를 지으면 안 돼! 들어 봐, 누구한테도 그런 미소를 보내면 안 돼!" 그는 공원 벤치에 풀썩 주저앉아, 식물들이 뿜어내는 밤의 향기를 정신없이 들이마셨다. 그리고 몸을 뒤로 기댄 다음 두 팔을 늘어뜨린 채, 압도당한 상태로 여러 차례 전율을 느끼며 그리움의 상투어를 속삭였다, — 여기서 있을 수 없고 불합리하며 방탕하고 우스꽝스럽지만, 그래도 신성하고 이 경우에도 여전히 존경스러운 말이었다. "너를 사랑해!"

제5장

리도에 머문 지 4주째 되었을 때, 구스타프 폰 아셴바흐는 외부세계와 관련되어 몇 가지 섬뜩한 기미를 감지했다. 첫째, 계절이 한창 되어가는 데도 그의 숙소의 손님 수가 늘어나는 것이 아니라 오히려 줄어드는 것처럼 보였다. 특히 독일어는 그의 주변에서 씨가 마른 듯 아예 들리지도 않더니, 마침내는 식사할 때나 해변에서 낯선 말소리만 그의 귀에 들려왔던 것이다. 그러던 중 어느 날, 그가 이제 자주 드나들게 된 이발소에서 대화를 나누던 중 한마디 말을 듣고 마음이 당황스러웠다. 그 이발사는 잠깐 머물다 방금 떠난 어느 독일 가족에 대한 이야기를 꺼내며 수다스럽게 아첨하는 듯한 말투로 덧붙였다. "선생님은 그냥 머무시는군요. 선생님은 재앙을 두려워하지 않으시는가 봐요." 아셴바흐는 그를 쳐다봤다. "재앙이라니요?" 하고 그는 되물었다. 그 수다쟁이는 입을 다물고 바쁘게 움직이면서 그의 질문을 못 들은 체했다. 질문이 좀 더 집요해지자, 그는 아무것도 모른다고 잡아떼고 당황한 나머지 수다를 늘어놓으며 화제를 돌리려 했다.

그때는 정오 무렵이었다. 오후에 아셴바흐는 바람이 잠잠해지고 햇볕이 작열하는 중에 베네치아로 건너갔다. 폴란드 남매들이 동행인 여자와 함께 증기선 잔교 쪽 길로 접어드는 것을 보고 그들을 따라가고 싶은 충동을 느꼈기 때문이다. 그는 산 마르코 광장에서 자기의 우상을 발견하지는 못했다. 그런데 광장의 그늘 진 쪽에 있는 철제 원형 탁자 앞에 앉아 차를 마시다가 갑자기 공기 속에서 이상한 향기를 맡았다. 그것은 이제 보니 벌써 며칠 전부터 그의 의식 속으로는 들어오지 않았지만 그의 감각을 건드리고 있었던 것 같았다. 그것은 들척지근한 약품 냄새였는데, 불행과 상처 그리고 수상쩍은 청결함을 상기시켰다. 그는 그 냄새를 분석하고 신중하게 확인한 다음, 가벼운 식사를 마치고 사원 맞은편에 있는 그 광장을 떠났다. 좁은 골목길에 들어서자 냄새가 더 심해졌다. 길모퉁이에는 인쇄된 벽보가 붙어있었는데, 주민들에게 이런 날씨에는 흔히 소화기 계통의 질병이 일어나기 쉬우니 굴이나 조개를 먹지 말고 운하의 물도 주의하라고 알리는 시당국의 경고였다. 그 공고에는 사실을 미화하는 성격이 분명히 나타나 있었다. 주민들은 침묵하며 다리 위와 광장에 모여 서 있었다. 그리고 그 이방인은 뭔가를 감지하고 골똘히 생각에 잠긴 채 그들 가운데 서 있었다.

산호초 끈과 모조 자수정으로 장식된 아치문에 기대고 서 있는 가게주인에게 그는 그 불길한 냄새의 정체를 알려 달라고 요청했다. 그 남자는 무거운 눈으로 그를 가늠해보더니 잽싸게 쾌활해졌다. "일종의 예방규칙이죠, 손님!" 하고 그는 몸짓을 꾸며가며 대답했다. "경찰의 지시사항이니, 따를 수밖에 없지요. 날씨는 답답하고, 시로코는 건강에 좋지 않아요. 요컨대, 손님은 이해하시겠지만, ─ 좀 지나친 조심성이랄까요……" 아셴바흐는 그에게 고맙다고 인사하고, 가던 길을 계속해서 갔다. 그를 리도로 다시 태워다준 증기선에서도 이제 그는 방역 소독약의 냄새를 맡았다.

호텔로 돌아와서 그는 곧장 홀의 신문열람대로 가서 신문들을 살펴보았다. 그는 외국어 신문에서는 아무것도 발견하지 못했다. 국내 신문들은 이런저런 소문들을 기록하며 확실하지 않은 숫자를 인용했고, 당국의 사실 부인을 보도했으나 그 진실성을 의심했다. 그렇게 독일과 오스트리아 사람들이 철수하는 것은 설명이 되었다. 다른 국가의 국민들은 분명히 아무것도 몰랐고, 아무것도 예감하지 못했으며, 아직 불안도 느끼지 않았다. '침묵을 지키라는 게야!' 아셴바흐는 신문들을 탁자 위에 다시 던지고 흥분하면서 생각했다. '그걸 침묵해야 한다니!' 그러나 동시에 그의 심장은 외부세계가 빠져들려고 하는 그 모험에 대한 만족감으로 충만해졌다. 왜냐하면 범죄에도 그렇듯이 열정에는 일상의 안전한 질서와 복지는 어울리지 않는다. 그리고 시민생활 조직의 모든 이완, 이 세상의 모든 혼란과 재난은 틀림없이 열정의 환영을 받을 것이다. 열정은 그런 데서 그 잇점을 찾으리라는 막연한 희망을 가질 수 있기 때문이다. 그래서 아셴바흐는 더러운 베네치아 골목에서 당국이 일을 호도한 것

에 대해 음침한 만족감을 느꼈다. ― 그 자신의 가장 내밀한 비
밀과 융화된 이 도시의 나쁜 비밀, 그것을 지키는 것은 그에게
도 매우 중요했다. 왜냐하면 사랑에 빠진 그의 걱정은 오직 하
나, 타치오가 떠나버릴 수도 있다는 것이었고, 만일 그런 일이
생긴다면 자기는 더 이상 살 수 없을 것임을 스스로 놀라면서
깨달았기 때문이었다.

그는 요즈음 그 아름다운 소년을 가까이하고 바라보는 것을
일상의 흐름과 행운에 맡기는 것으로 만족하지 않고, 그를 쫓아
다니며 뒤를 밟았다. 이를테면 일요일에는 폴란드인들이 해변
에 나타나지 않았는데, 그는 그들이 산 마르코 대사원의 미사
에 참석했으리라고 짐작하고 서둘러 그곳으로 갔다. 광장의 열
기를 벗어나 성전의 황금빛 그늘 속으로 들어서자 그는 기도석
에서 몸을 구부리고 예배를 드리고 있는 그 그리운 자를 발견
했다. 그런 다음 그는 뒤쪽, 틈이 갈라진 모자이크 바닥 위에서
무릎을 꿇고 중얼거리며 성호를 긋는 사람들 한가운데에 서 있
었는데, 동양식 사원의 둥글둥글한 화려한 장식들이 그의 오관
을 무겁게 짓눌렀다. 앞쪽에서는 많은 장식물을 몸에 걸친 사
제가 이리저리 오가며 일하고 성가를 불렀다. 용연향이 피어올
랐다. 향연은 제단에 켜 놓은 약한 촛불 주위를 안개처럼 감쌌
다. 곰팡내 섞인 들척지근한 제물 냄새 속에는 또 다른 냄새가
슬며시 섞이는 것 같았다. 병든 도시의 냄새였다. 그러나 혼탁

한 공기와 반짝이는 불빛 사이로 아셴바흐는 그 아름다운 소년
이 저쪽 앞에서 머리를 돌려 그를 찾고 그에게 시선을 보내는
모습을 보았다.

그 뒤 군중이 열린 정문을 통과해서 비둘기들이 떼 지어 노
는 환한 광장으로 물밀듯이 나왔을 때, 매혹당한 그 사내는 사
원의 전실에 몸을 숨겼다. 그는 숨어서 엿보았다. 폴란드인들
이 교회를 떠나는 모습을 보았으며, 그 자녀들이 의식을 치르는
듯한 동작으로 어머니와 작별하는 모습을, 그리고 이들이 숙소
로 돌아가며 작은 광장으로 향하는 것을 보았다. 그는 그 아름
다운 소년과 수녀 같은 누이들 그리고 가정교사 여인이 오른쪽
길로 시계탑의 문을 통과하여 잡화상 거리 쪽으로 접어드는 것
을 확인했다. 그들이 몇 걸음 앞장서게 한 다음, 그는 베네치아
를 두루 산책하는 그들을 몰래 뒤밟아갔다. 그들이 지체하면 그
는 머물러서야 했고, 그들이 가던 길을 되돌아오면 그들이 지나
갈 수 있도록 그는 음식점이나 뜰 안으로 도망쳐야만 했다. 그
들을 시야에서 잃어버리면, 열이 나고 지치도록 다리 위와 지
저분한 막다른 골목으로 그들을 찾아다녔다. 그러다가 별안간
피할 수 없는 좁은 골목길에서 그들이 마주 오는 것을 볼 때면,
몇 분 동안 죽을 듯한 고통을 감내했다. 그렇지만 그가 괴로워
했다고는 말할 수 없다. 그의 머리와 가슴은 취해 있었지만, 그
의 걸음걸이는 인간의 이성과 품위를 발아래 짓밟는 것을 쾌락

으로 삼는 악마의 지시를 따르고 있었다.

그런 다음 어디선가 타치오와 그 일행은 곤돌라에 탔는데, 그들이 배에 오르는 동안, 돌출된 분수에 숨어있던 아센바흐도 그들이 물가를 떠나자마자 곧바로 그들과 똑같이 행동했다. 그는 사공에게 팁을 후하게 치를 테니 방금 저 모퉁이를 돌아간 곤돌라를 눈에 띄지 않게 얼마간의 거리를 두고 쫓아가 달라고 다급하고 낮은 목소리로 말했다. 그리고 뚜쟁이와도 같이 교활하게 그 남자가 똑같은 말투로 그에게 그렇게 해드리겠다고, 양심적으로 일해드리겠다고 다짐했을 때, 그는 등골이 오싹해졌다.

그렇게 하여 그는 부드러운 검은색 쿠션에 기댄 채, 뱃머리가 뾰족한 또 다른 검은색 곤돌라를 뒤쫓아 흔들거리며 미끄러져 갔다. 그 배가 지나간 흔적을 따라가고 있노라니 격정이 그를 사로잡았다. 이따금씩 그 배가 눈앞에서 사라지면, 그는 격정스러워지고 불안을 느꼈다. 그러나 그의 사공은 그런 임무에는 잘 훈련이 된 듯 계속 약삭빠르게 대처를 해서 잽싸게 가로건너거나 지름길을 이용해, 애타게 원하는 것을 다시 아센바흐의 눈앞에 보이게 해줄 줄 알았다. 대기는 고요하고 냄새가 났으며, 태양은 하늘을 슬레이트 빛깔로 물들이고 있는 연무를 뚫고 무겁게 내리비치고 있었다. 물결은 나무와 돌에 부딪쳐 찰랑거렸다. 반은 경고이고 반은 인사인 듯한 뱃사공의 외침소리가 저 멀리 미로의 적막으로부터 묘한 맞장구로써 응답되었다. 높은 곳에 있는 작은 정원에서는 흰색과 자주색의 산형(繖形) 꽃차례를 가진 꽃들이 아몬드 향기를 내뿜으며 부서진 담장 위로 늘어져 있었다. 아라비아 풍의 창틀은 흐릿한 가운데 윤곽을 드러냈다. 교회의 대리석 계단은 물속까지 내려와 있었다. 한 걸인이 그 위에 웅크리고 앉아 자신의 비참한 처지를 호소하며 모자를 내밀고 있었는데, 장님처럼 두 눈의 흰자위가 드러나 있었다. 한 골동품 상인은 자신의 지저분한 가게 앞에서 지나가는 아셴바흐를 속여 볼 심산으로, 그에게 들렀다 가라고 비굴한 몸짓으로 호객행위를 했다. 그것이 베네치아였다. 곰살맞으면서도 수상한 아름다움의 도시, — 반은 동화이고, 반은 나그네를 사로잡는 덫과 같은 이 도시의 부패한 공기 속에서는 한때 예술이 향락적으로 번성했고, 요람을 흔들며 유혹하듯 자장가를 불러 잠재우는 듯한 음의 영감을 음악가들에게 불어 넣어줄 때가 있었다. 모험하고 있는 아셴바흐에게도 자신의 눈이 마치 그와 똑같은 풍성함에 취한 듯하고, 귀는 그와 같은 멜로디의 구애를 받는 듯했다. 그는 또한, 그 도시가 병들어 있으면서 이윤을 추구하느라 그것을 쉬쉬하고 있음을 상기했다. 그러자 그는 더욱 자제를 못하고 앞쪽에 떠가고 있는 곤돌라를 살펴보았다.

그렇게 혼란스러워진 남자는 그의 마음에 불을 지른 그 대상을 끝없이 추적하는 일 이외는 아무것도 몰랐고 아무것도 하려 들지 않았다. 그리고 그 대상이 눈앞에 없으면 그에 관해 꿈꾸며 연인들이 하는 대로, 그의 그림자에 지나지 않는 형상을 향해 달콤한 말을 중얼거리기만 했다. 고독과 낯섦 그리고 노년의 깊은 도취에서 오는 행복감이 그를 고무시켜, 지극히 엉뚱한 짓을 아무 주저 없이 얼굴을 붉히지도 않고 하도록 설득했다. 그러다보니 늦은 저녁에 베네치아에서 돌아오면서 그는, 그런 정신 나간 상태에서 누군가에게 들켜 곤혹스럽게 될 위험을 무릅쓰고서, 호텔 2층 그 아름다운 소년의 방문 앞에 멈춰 서서 완전히 도취한 상태로 이마를 문 손잡이에 대고 한참동안 거기에서 떨어질 줄 모르는 그런 일까지도 생겨났다.

그렇지만 잠시 그 짓을 멈추고 반쯤 제정신으로 돌아오는 순간도 없지는 않았다. 그러면 그는 당황해서 나는 대체 어떤 길을 가고 있는 건가! 하고 생각했다. 어떤 길을 가고 있는 걸까! 자연스러운 업적 때문에 혈통에 대한 귀족적인 관심을 갖게 되는 모든 사람들과 마찬가지로 그는 인생의 업적이나 성공이 이루어질 때면, 조상들을 생각하고 그분들의 찬동과 만족, 그분들의 어김없는 존중을 정신적으로 확인하곤 했다. 그렇게 용납될 수 없는 어떠한 체험에 얽혀 있고 너무나 이색적인 감정의 방종에 사로잡혀 있는 지금 여기에서도 그분들을 생각했다. 완전히 절제된 가운데서의 엄격성, 그들 존재의 기품 있는 남성다움을 회상하고 그는 우울한 마음으로 미소를 지었다. 그들은 뭐라고 말할까? 그러나 물론, 그들의 삶에서 빗나가 타락해버린 그의 삶 전체에 대해서 그들이 무슨 말을 했겠는가! 예술의 마력에 사로잡힌 이 인생에 대해서 그들이 무슨 말을 한단 말인가! 그러한 삶에 대해서 그는 직접 언젠가 조상들의 시민적 정신에 입각해, 매우 조소적으로 젊은이로서의 견해를 발표한 적이 있었다. 그의 삶은 근본적으로 그들의 삶과 아주 유사했다. 그 역시 소임을 다했다. 그 역시 그들 상당수와 마찬가지로 군인이고 전사였다. — 왜냐하면 예술이란 일종의 전쟁이고, 오늘날에는 더 이상 쓸모가 없게 된 소모적인 전투이기 때문이다. 어떤 상황에서도 지켜낸 자기 극복의 삶, 불굴의 정신으로 관철된 일생, 혹독하고 의연하며 절제된 생활, 바로 그것이 그가 섬세하고 시대에 걸맞은 영웅 정신의 상징으로 형상화했던 삶이었다. — 분명 그는 그런 삶을 남자답다고, 용맹하다고 칭해도 되었을 것이다. 그에겐 자신을 사로잡은 에로스가 이와 같은 삶에 어떤 방식으로든 특히 적합하고 잘 어울리는 것으로 보였다. 원래 에로스는 가장 용맹스러운 민족들 사이에서 특히 명성을 얻지 않았던가? 그렇다, 에로스는 바로 용맹함 덕분에 그들의 도시에서 활짝 피어올랐다고 하지 않던가? 옛날의 수없이 많은 전쟁 영웅들이 기꺼이 에로스의 멍에를 짊어졌었다. 왜냐하면 에로스 신이 부과한 굴욕은 전혀 굴욕으로 여겨지지 않았기 때문이다. 다른 목적으로 행해졌다면 비겁함의 징후라고 비난받았을 행위들, 즉 무릎을 꿇고, 맹세를 바치며, 애처롭게 사정하는 노예 같은 모습들이 사랑을 바치는 자에게는 치욕적인 일이 아니었으며, 그렇게 함으로써 오히려 그는 칭송을 받았던 것이다.

그 현혹되어버린 남자의 사고방식은 그러했다. 그래서 그는 스스로의 생각에 충실하고자 하였고, 그렇게 자신의 품위를 유지하려고 했다. 그러나 동시에 그는 베네치아 내부에서 일어나고 있던 수상쩍은 일들에 대해서도 계속 탐색하며 끈질기게 주의를 기울였다. 외부세계에서 나타나는 저 모험, 즉 그 자신의 마음속에서 일어나는 모험적인 체험과 어렴풋이 합류하여 막연하고 허용되지 않는 희망을 불러일으키며 그의 열정을 키워가던 바로 그 모험에 대해서도 계속 신경을 썼다. 질병의 현황과 진행 상태에 대한 새롭고 확실한 정보를 알아내려는 생각에 사로잡힌 채, 그는 시내의 여러 카페를 찾아다니며 고국에서 발행된 신문들을 샅샅이 뒤져보았다. 왜냐하면 그런 신문들이 호텔 홀의 신문대에서는 수일 전부터 사라지고 없었기 때문이다. 고국 신문들에서는 여러 주장에 이어 또 그것들을 번복하는 내용들이 교대로 나타났다. 발병 사례, 사망 사례의 숫자가 스무 건, 마흔 건, 아니 백여 건 혹은 그 이상에 달할 것이라고 했다. 그러면서 곧이어 전염병의 발생이 매번 명백하게 부정되지는 않을지라도, 아주 드물게 일어나는, 말하자면 어쩌다

외부로부터 묻혀 들어온 경우로 그려지기도 했다. 주의를 당부하는 조심스러운 우려의 목소리, 이탈리아 현지 당국의 위험천만한 장난에 대한 항의들이 여기저기 삽입되어 있었다. 명확한 확신을 얻어내기는 어려웠다.

그럼에도 불구하고 그 고독한 사람은 스스로 비밀을 알아야 할 특별한 권리를 의식했다. 비록 자신은 제외되었지만, 그는 진실을 알고 있는 사람들에게는 대답하기 어려운 질문으로 접근하는가 하면, 일제히 침묵하기로 작정한 사람들에게는 대놓고 거짓말할 수밖에 없도록 함으로써 기이한 만족감을 느꼈다. 이처럼 어느 날 넓은 식당에서 그는 아침 식사 중에 호텔 지배인에게 해명을 요구했다. 작은 체구에 프랑스식 프록코트 차림으로 조용히 나타난 그 지배인은 식사하는 손님들 사이를 오가며 인사를 건네는가 하면, 또 이것저것 살펴보던 중에 아셴바흐의 작은 식탁 옆에서도 몇 마디 의례적인 말을 건네며 멈춰 섰던 것이다. '그런데 대체 왜', 라며 손님이 무심한 듯 그냥 지나가는 말인 듯이 물었다, 도대체 왜 얼마 전부터 베네치아를 소독하고 있는 것이지요? — "그건 말입니다", 눈에 띄지 않으려는 듯한 자세로 오가던 지배인이 대답했다. "경찰이 내린 조치입니다, 그럼요. 폭염과 유난히 더운 날씨 때문에, 혹시 사람들의 건강에 영향을 줄 수 있는 온갖 불편함과 장해를 적시에 성실하게 막기 위한 경찰 당국의 조치이지요." — "경찰 당국을

칭찬할 일이로군", 이라며 아셴바흐가 대꾸하였다. 그리고 기상에 관한 몇 마디 말을 더 주고받은 뒤에 지배인은 정중한 인사말을 남기고 물러갔다.

같은 날 저녁, 만찬을 마친 후에 시내에서 온 어떤 길거리 가수들의 작은 무리가 호텔 앞뜰에서 노래를 부르게 되었다. 남자 둘과 여자 둘로 구성된 무리는 정원 아크등의 쇠기둥 옆에 선 채, 등불에 반사되어 희멀건 빛을 띤 얼굴을 넓은 테라스를 향해 치켜들고 있었고, 그곳에서는 휴양객들이 커피와 시원한 음료수를 마시며 그 대중적이고 유쾌한 공연을 즐기고 있었다. 호텔 종사원들, 즉 승강기 보이, 웨이터, 또 사무실 직원들은 홀쪽으로 통하는 출입문들 주변에 기대어 선 채 공연에 귀를 기울였다. 러시아인 가족은 완전히 들뜬 기분에 사로잡힌 채 제대로 즐길 태세를 보이고 있었다. 그들은 공연하는 무리를 조금 더 가까이에서 보려고 등나무 의자들을 뜰로 옮기도록 했는데, 이제 그곳에서 반원형으로 둘러앉아 더 바랄 것이 없는 표정을 짓고 있었다. 주인들 뒤에는 터번 모양의 머리 스카프를 두른 그들의 늙은 여자 하인이 서 있었다.

만돌린, 기타, 하모니카, 그리고 새의 지저귐처럼 고운 소리를 내는 바이올린이 구걸하는 악사들의 능숙한 손놀림을 통해 울려 퍼졌다. 악기 연주와 여러 가요가 번갈아 연출되는 가운데, 두 여자 중에서 날카롭고 찢어지는 목소리의 더 젊은 여자가 감미로운 가성의 테너와 함께 열망에 찬 사랑의 듀엣을 불렀다. 하지만 실제 재주꾼이자 무리를 이끄는 자는 남자들 중의 다른 한 사람임이 분명하게 드러났다. 기타를 치며 일종의 희극적인 성격의 바리톤 부포 역할을 하던 그는 거의 목소리를 내지 않았으나, 표정 연기가 특출했고, 기막히게 뛰어난 희극적 에너지를 뿜어냈다. 자신의 큰 악기를 팔에 껴안은 채, 사내는 여러 번 다른 단원들로부터 벗어나 야단스러운 몸짓으로 공연장 앞자리를 향해 나갔으며, 그곳 사람들은 그의 익살스러운 연기에 크게 웃으며 호응해 주었다. 특히 지층에 앉아 있던 러시아인들은 그처럼 남국적인 민첩함에 완전히 매료된 모습을 보였다. 그들은 익살꾼에게 박수갈채를 보내고 환호하면서, 그가 점점 더 대담하고 자신감에 넘쳐 자기 능력을 뽐낼 수 있도록 응원했다.

아셴바흐는 테라스 난간 근처의 자리에 앉아, 석류주스에 탄산수를 섞은 음료로 가끔씩 입술을 식히고 있었다. 그것은 그의 앞에 놓인 탁자 위의 유리잔에서 새빨간 루비색으로 불타듯이 빛났다. 그의 신경은 그 단조롭게 울리는 소리들, 저속하고 감상에 빠지게 하는 멜로디들을 탐욕스럽게 빨아들였다. 맑은 정신이라면 그저 재미있게 받아들이거나 언짢은 기분으로 거절했을 자극들과 아주 진지하게 결속하기 마련인 열정은 까다로운 감각을 마비시키기 때문이었다. 그의 얼굴 표정은 그 협잡꾼이 이리저리 날치는 바람에 완전히 굳어져 버렸고, 이미 고통스러운 미소로 일그러져 있었다. 그는 그곳에 느긋이 앉아 있었지만, 사실 극도의 주의력이 그의 내면을 바싹 죄고 있었다. 왜냐하면 그가 앉아있던 곳으로부터 여섯 걸음 앞에서 타치오가 돌난간에 기대어 서 있었기 때문이다.

타치오는 그곳 만찬 때 가끔 선보였던 흰색 벨트를 매는 정장을 입고 있었으며, 그 모습은 부인할 수 없이 타고난 우아함을 띠었다. 왼쪽 팔뚝을 난간에 올려둔 채, 그는 두 발을 서로 교차시킨 가운데 오른손을 디딤발 쪽 허리에 대고, 미소라고는 거의 흔적도 없이 그저 약간의 호기심으로, 말하자면 주변 상황을 예의 있게 받아들이는 표정으로 장돌뱅이 가수들 쪽을 내려다보고 있었다. 가끔씩 그는 다시 몸을 바로 세우고, 가슴을 펼치며 두 팔을 우아하게 움직여서 하얀 상의를 가죽 허리띠 사이로 잡아당겨 내렸다. 그런데 그 늙어가는 아셴바흐가 승리에 젖은 기분으로, 이성의 비틀거림과 함께 또한 놀라움 속에서 알아챘듯이, 간혹 타치오는 조심스럽게 망설이며, 혹은 마치 기습이라도 하듯 갑작스럽고 재빠르게 머리를 왼쪽 어깨 너머로 돌리며 자신에게 빠져있는 사람의 자리 쪽으로 몸을 돌리기도 했다. 그는 상대방의 눈과 마주치지는 않았다. 왜냐하면 그 혼란에 빠진 사람은 굴욕적인 염려 때문에 스스로의 시선을 소심하게 통제할 수밖에 없었기 때문이다. 테라스의 뒤편에는 타치오를 돌보던 여자들이 앉아 있었는데, 사랑에 빠진 아셴바흐는 자신이 너무 눈에 띄게 될까 봐, 그래서 혹시 의심을 사게 될까 봐 두려워해야 하는 지경이 되었다. 그랬다, 그는 이미 해변에서나 호텔 홀에서, 또 산 마르코 광장에서 타치오가 그의 근처에 있게 되면, 그 여자들이 아이를 불러 세우고 그로부터 떼어놓으려 했던 점을 알아차리며 몸이 굳어지는 듯한 느낌을 가진 적이 여러 번 있었다. — 그러한 순간 그는 끔찍한 모욕감을 느껴야만 했고, 그런 상황에서 그의 자존심은 알 수 없는 고통으로 바뀌었지만, 그 모욕감을 떨쳐내는 일은 그의 양심이 허락하지 않았다.

그러던 중, 기타 연주자가 자신의 노래에 반주하며 솔로를 시작했는데, 그것은 여러 절로 이루어진 노래로, 그야말로 이탈리아 전역에서 유행하고 있던 히트곡이었다. 노래의 후렴에서는 매번 그의 무리가 함께 노래하면서 모든 악기를 가지고 합류했으며, 사내는 아주 조형적이고 극적인 방식으로 멋들어지게 노래를 불러 젖혔다. 날씬한 체구에다, 얼굴 역시 가냘프고 수척한 모습의 그는 자신의 무리로부터 떨어져 있었는데, 낡은 펠트 모자를 목덜미에 걸치고 있었기 때문에 챙 아래로 붉은 머리카락이 불쑥 삐져나와 있었다. 그런 모습으로 그는 뻔뻔스럽게 허세를 부리며 자갈밭 위에 선 채, 떨리는 현악기 소리에 맞춰 긴박감이 넘치는 레시터티브(敍唱)로 테라스를 향해 익살스러운 농담을 마구 던져댔다. 창작 과정에서의 긴장감 때문인지 그의 이마에는 혈관이 부풀어 올라 있었다. 그는 보통의 베네

치아인 유형이라기보다 나폴리의 익살꾼 종족으로 보였는데,
반쯤은 사창가의 포주 같고 반쯤은 희극배우 같은, 거칠고 무모
하며 위험하면서도 흥을 불러일으키는 인물이었다. 그의 노래
는 가사로 보면 그저 시시할 뿐이었으나, 그의 입 속에서나 표
정 연기, 몸동작, 은근히 뭔가 암시를 주는 듯하며 눈짓을 하는
태도 속에서, 그리고 입가에 매끄럽게 혀를 놀리는 가운데서 뭔
가 모호하고 외설스러운 의미를 띠었다. 그가 도시풍의 여타 복
장에 맞춰 걸치고 있던 그의 운동복 셔츠의 흰 옷깃에서는 수척
한 목이 튀어나왔고, 눈에 띄게 크고 밋밋한 느낌의 목젖이 드
러났다. 수염이 없어 나이를 가늠하기 힘든 그의 창백하고, 뭉
툭한 코가 두드러진 얼굴은 찡그린 흔적과 나쁜 습관으로 주름
이 파인 듯했다. 특히나 그의 입이 활발하게 움직이며 히죽이
웃으면, 반항적이고 오만하며, 불그스름한 눈썹 사이에 사나울
정도로 깊이 새겨진 두 개의 주름은 그런 모습에 사뭇 이상하
게 잘 어울렸다. 하지만 이 고독한 남자가 그 사내에게 깊은 관
심을 기울이게 된 것은, 그 수상한 인물이 그 고유의 의심스러
운 분위기를 몰고 다니는 듯한 낌새 때문이었다. 가령 매번 후
렴구가 다시 시작될 때마다, 그 노래하는 사내는 익살스러운 표
정을 지으며 손을 흔들어 인사하면서 해괴하게 한 바퀴 빙 돌아
다녔다. 그러던 중 아셴바흐가 앉아있던 자리의 아래쪽으로 바
짝 다가오게 되었는데, 그때마다 매번 그의 옷과 그의 몸에서는

강한 페놀 냄새를 풍기는 가스가 테라스 위로 솟아 올라왔다.

그렇게 후렴구가 달린 재치 있는 풍자 가요를 마치고, 사내가 돈을 거두기 시작했다. 그는 기꺼이 돈을 내미는 러시아인들의 자리에서 출발하여, 이어 계단을 밟고 위로 올라왔다. 공연 중에는 그렇게 스스럼없이 뻔뻔스러운 몸짓을 선보였던 그는 그곳 위쪽에서는 너무나 겸허한 태도를 보였다. 고양이처럼 등을 웅크린 채, 오른발을 땅에 대고 뒤로 빼며 절하는 가운데 그는 탁자들 사이를 살금살금 오갔다. 그러는 사이에도 음험하게 순종하는 듯한 미소가 그의 옹골찬 이빨을 드러내는가 하면, 깊은 두 개의 주름도 여전히 그의 붉은빛 눈썹 사이에서 위협적으로 드러났다. 사람들은 호기심과 더불어 약간의 혐오감과 함께, 자신의 생계비를 긁어모으는 그 기이한 존재를 바라보았다. 그리고 손가락 끝으로 동전을 그의 펠트 모자에 던져넣으며 모자를 건드리지 않으려고 조심했다. 희극배우와 품위 있는 사람들 사이의 물리적 거리를 없애는 일은 아무리 여전히 공연을 즐기고 있더라도 항상 모종의 당혹감을 불러일으키기 마련이다. 사내는 그런 당혹감을 감지하였고, 아첨하는 몸짓으로 양해를 구하려 들었다. 그가 아셴바흐에게 다가왔고, 그와 함께 냄새가 따라왔으나, 주변의 어느 누구도 그 냄새에 신경을 쓰지 않는 것 같았다.

"이봐요!" 하고 이 고독한 자는 목소리를 낮춰 거의 기계적으로 말했다. "베네치아를 소독하고 있던데, 이유가 뭔가요?"
— 이에 익살꾼이 목쉰 소리로 대답했다. "경찰 때문이지요! 지
시 사항입니다요, 손님. 이렇게 더위가 심하고, 시로코 열풍이
불어오니까요. 시로코는 사람을 후텁지근하게 눌러댑니다. 건
강에 유익하지 않습죠……" 사내는 그렇게 대수롭지 않은 일
에 대해 묻는 것 자체가 의아하다는 듯이 말했으며, 시로코라
는 것이 얼마나 후텁지근한지를 손을 활짝 펴며 시연해 보였다.
— "그러니까, 베네치아에 무슨 질병이 나도는 것이 아니다?"
라며 아셴바흐는 매우 나지막하게 이 사이에서 나오는 듯한 소
리로 물었다. — 순간 광대의 근육질 얼굴 표정이 우스꽝스러
운 당혹감으로 일그러졌다. "무슨 질병이라고요? 아니, 어떤 질
병 말씀이신지? 시로코가 질병인가요? 혹시 우리 경찰이 질병
인가요? 농담도 잘하시는군요! 무슨 질병이라니요! 아니, 소독
을 왜 못해요! 예방 조치인데요, 그냥 이해하십쇼! 사람 기분을
눌러대는 악천후의 후유증에 대비한 경찰의 지시인데요……"
라며, 그가 격하게 손짓을 해보였다. — "됐네", 라며 아셴바흐
가 다시 짧고 낮은 목소리로 말하고, 과도한 금액의 동전을 재
빨리 펠트 모자 안으로 던져 넣었다. 그러고 나서 그 남자에게
가라고 눈짓했다. 사내는 이빨을 드러내고 히죽대며 허리를 굽
힌 채 지시에 따랐다. 하지만 그가 계단에 다다르기도 전에 호
텔 직원 둘이 그에게 달려들며 그의 얼굴에 자기들 얼굴을 바

짝 댄 채 속삭이듯 힐문하였다. 사내는 어깨를 들썩여 보이며, 자신이 비밀을 지켰노라고 확언하고 맹세했다. 사람들은 그 모습을 지켜보았다. 그렇게 풀려난 사내는 정원으로 돌아왔으며, 아크등 아래에서 잠시 자기 무리와 만나 뭔가 약속을 나눈 뒤에 다시 한 번 감사와 작별의 노래를 부르기 위해 앞으로 나왔다.

그것은 그 고독한 자가 예전에 들어본 기억이 없는 노래였다. 알아듣지 못할 사투리로 뻔뻔하게 불러 젖히는 유행가로서 한바탕 요란스러운 웃음의 후렴구를 갖추고 있었는데, 후렴 부분에서 무리의 다른 일원들이 규칙적으로 목청껏 합류하였다. 그럴 때면 노래가사와 악기 반주가 일제히 멈추었고, 리듬감 있게 어딘가 정돈되었으나 매우 자연스럽게 처리된 커다란 웃음 외에는 아무것도 남지 않았다. 특히 솔로 가수는 뛰어난 재간을 부려 그 웃음을 지극히 현혹적으로 생동감 있게 연출해낼 줄 알았다. 그는 자신과 손님들 사이의 예술적인 거리를 다시 확보하면서 뻔뻔함을 완전히 되찾고 있었다. 그렇게 무례하게 테라스를 향해 던진 그의 인위적인 웃음은 바로 조롱의 폭소였다. 그 구절을 명확하게 드러낸 끝부분에서 이미 그는 저항할 수 없는 간지럼과 싸우는 것처럼 보였다. 그는 흐느껴 울었고, 그의 목소리는 흔들렸다. 그는 손으로 입을 틀어막고 어깨를 뒤틀었다. 바로 그 순간 그에게서는 걷잡을 수 없는 웃음이 터져나와 울부짖는 듯 째지는 소리를 냈는데, 그것은 너무나 실감이 나서 전염의 효과를 내며 청중들에게 전달되었고, 테라스에서도 까닭 없이 그저 저절로 생겨나는 유쾌함이 주변에 퍼졌다. 그런데 바로 그 점이 그 가수의 거리낌 없는 행동을 배가하는 듯이 보였다. 그는 무릎을 굽히고 허벅지를 치며 배를 움켜잡고 포복절도하려고 했다. 그는 더 이상 웃는 게 아니라, 소리를 질러대는 것이었다. 그는 저 위에서 웃고 있는 사람들보다 더 우스꽝스러운 것은 없다는 듯이, 손가락으로 위쪽을 가리켜 보였다. 그러자 마침내 뜰과 베란다에 있는 모두가, 종업원과 승강기 보이 그리고 문간에 있는 하인들까지 웃었다.

아셴바흐는 더 이상 의자에 가만히 있지 못하고, 방어하거나 도주라도 해보려는 듯 몸을 곧추세운 채 앉아 있었다. 그러나 웃음소리, 위쪽으로 풍겨오는 병원 냄새 그리고 아름다운 소년이 가까이 있다는 사실이 함께 뒤얽혀 그에게는 꿈 같은 마력이 되었으며, 그 마력은 끊을 수도 없고 피할 수도 없이 그의 머리와 감각을 에워싸고 있었다. 다들 흥분하고 정신이 팔려있는 틈을 타서 그는 과감히 타치오를 건너다 보았다. 그렇게 하는 사이 그는 그 아름다운 소년이 그의 시선에 응대하면서 마찬가지로 진지한 상태에 있다는 것을 알 수 있었다. 확실히 소년은 상대방이 하는 그대로 태도와 표정을 취하는 듯했다. 상대방이 주변의 분위기에서 벗어나 있으니까, 그 분위기가 소년에게도 아무런 영향을 미치지 못하는 것 같았다. 이 어린아이답고 깊이 교감하는 듯한 순응은 뭔가 무장해제시키는 듯하면서도 압도적인 면이 있어서, 이 백발의 남자는 두 손으로 얼굴을 감추려다가 겨우 참았다. 또한 타치오가 이따금씩 몸을 일으켜 심호흡하는 것이 그에게는 한숨이나 가슴의 답답함을 뜻하는 것처럼 보였다. '저 아이는 병약하군. 아마도 그는 오래 살지 못할 거야.' 도취와 동경이 이상하게도 가끔 해방될 때 생기는 그런 객관적 상태가 되어 그는 다시금 생각했다. 방탕한 만족감과 더불어 순수한 염려가 그의 가슴을 가득 채웠다.

그사이 베네치아 악단은 공연을 마치고 물러가고 있었다. 박수갈채가 그들을 뒤따랐고, 그들의 리더는 익살을 부려 자신의 퇴장을 장식하는 일을 빠뜨리지 않았다. 그가 발을 뒤로 빼며 절하고 손 키스를 보내자 웃음이 터져 나왔다. 그러자 그는 한 번 더 그렇게 했다. 그의 패거리가 이미 밖으로 나가 있을 때에도 그는 민첩하게 뒤쪽으로 가로등 기둥을 향해 달려가 부딪치는 시늉을 했고, 고통스러워 몸을 굽힌 척하면서 현관 쪽으로 비실비실 걸어갔다. 거기에서 그는 마침내 그 우스꽝스러운 불행한 자의 가면을 단번에 벗어던지고 똑바로 일어서더니, 정말이지 경쾌하게 펄쩍 튀어 올라 테라스에 있는 손님들에게 무례하게 혀를 내밀다가 어둠 속으로 미끄러져 들어갔다. 해수욕 손님들은 흩어져 사라졌고, 타치오는 아까부터 더이상 난간 곁에 있지 않았다. 그러나 그 고독한 남자는 남은 석류주스를 탁자에 둔 채, 종업원이 의아해할 정도로 한참 더 오래 앉아 있었다. 밤이 성큼 다가왔고, 시간이 흩어져갔다. 여러 해 전 그의 부모의 집에는 모래시계가 있었다, ― 갑자기 그는, 낡았지만 의미 있는 그 작은 기구가 마치 그의 앞에 놓여있기라도 한 듯이, 다시금 그것을 보았다. 적갈색으로 물들인 모래가 좁은 유리관을 통해 소리 없이 섬세하게 빠져나갔고, 위쪽 오목한 곳에 모래가 거의 바닥날 때, 거기에서는 조그맣고 급격한 소용돌이가 만들어졌다.

다음날 오후에 벌써 이 고집 센 남자는 외부세계에 대해 알아보고자 새로운 조처를 취했는데, 이번에는 가능한 성과를 모두 얻었다. 말하자면 그는 마르코 광장에서 그곳에 위치한 영국 여행사로 갔고, 창구에서 약간의 돈을 바꾼 다음, 그를 응대하는 직원에게 의심 많은 외국인의 표정을 띤 채 예의 치명적인 질문을 던졌다. 직원은 털옷을 입은 영국계 사람으로 아직 젊고, 가운데 가르마를 탄 머리에 미간이 좁은 눈을 하고 있었으며, 차분하고 성실한 사람이었는데, 그런 성실성은 교활할 정도로 약삭빠른 남국에서는 매우 보기 드물고 진기한 것이었다. 그가 말하기 시작했다. "아무 걱정하실 것 없습니다, 선생님, 심각한 의미는 없는 조처입니다. 그러한 조처는 자주 있는 일인데요, 건강에 해로운 무더위와 시로코의 영향을 예방하기 위해서지요……" 그러나 푸른 눈을 뜨는 순간 그는 외국인의 시선, 약간의 경멸을 담아 자신의 입술을 향하는 지치고 좀 서글픈 시선과 마주쳤다. 그러자 영국인은 낯을 붉혔다. "이것은 말입니다", 그는 얼마간의 동요를 보이며 낮은 소리로 계속 말했다. "당국의 해명인데요, 그것을 믿는 것이 여기 사람들은 좋다고 생각합니다. 그 배후에는 뭔가 다른 것이 숨겨져 있다는 사실을 말씀드려야 하겠습니다." 그러고 나서 그는 솔직하고 편안한 말투로 진실을 이야기했다.

여러 해 전부터 이미 인도의 콜레라가 확산되고 만연하는 극심한 징조가 나타났다. 갠지즈 강 삼각주의 따뜻한 습지에서 발생해, 사람들이 기피하는 엄청난 불모의 원시림과 야생의 섬, 대나무숲에 호랑이가 웅크리고 있는 그곳에서 일어난 악취 나는 바람을 타고 올라와서, 전염병은 인도 전역으로 전례 없이 급격하게 계속 미친 듯이 번져갔다. 동쪽으로는 중국으로, 서쪽으로는 아프카니스탄과 페르시아로 퍼졌고, 대상무역의 주요도로들을 따라서 그 공포를 아스트라한까지, 아니 심지어는 모스크바까지 실어갔다. 그런데 그 요괴가 그곳에서 나와 육로를 통해 진입할까 봐 유럽이 벌벌 떨고 있는 사이, 그것은 시리아의 상선들에 의해 대양을 건너 딸려와 지중해의 여러 항구에 거의 동시다발적으로 출몰하였다. 툴롱과 말라가에서 고개를 쳐들었고, 팔레르모와 나폴리에서 자주 그 가면을 드러냈으며, 칼라브리아와 폴리아 전역에서도 좀체 물러갈 기미를 보이지 않았다. 반도의 북쪽은 피해를 입지 않았다. 그렇지만 금년 오월 중순경 베네치아에서 같은 날에 한 선박노동자와 한 여성 채소장사의 말라 수척해진 검은 시체에서 그 끔찍한 병균이 발견되었다. 이 사건은 비밀에 부쳐졌다. 그러나 일주일이 지나자 열 건이 되고 스무 건, 서른 건이 되었으며, 여러 구역에서까지 그런 일이 벌어졌다. 오스트리아 지방에서 온 한 남자는 며칠간 즐기기 위해 베네치아에 머물렀는데, 그의 고향도시로 되돌아가서는 의심의 여지가 없는 증상으로 죽었다. 그렇게 해서 석호 도시의 재앙에 대한 최초의 소문들이 독일 일간지에 실리게 되었다. 베네치아 당국은 도시의 위생상태가 이보다 더 좋을 수는 없다고 답변을 냈으며, 극복을 위한 가장 필요한 조처들을 취했다. 그러나 추측건대 채소, 고기 혹은 우유 같은 식재료도 감염되었을 것이다. 사실을 부인하고 얼버무리며 숨겨도 죽음은 주변 골목 구석구석을 잠식하였고, 때이르게 엄습한 여름 무더위가 운하의 물을 뜨뜻미지근하게 데우게 되어, 질병의 확산에 특히나 유리하게 작용했기 때문이다. 정말이지, 전염병은 그 힘을 새로이 키우기라도 한 것 같았고, 그 병원체의 집요함과 번식력은 배가된 듯했다. 회복된 경우는 드물었는데, 발병자 백 명 중 여든 명이 죽었다. 죽어도 끔찍하게 죽었는데, 그 병이 극도로 난폭하게 들이닥쳐서는 "탈수증"이라 불리는 고도로 위험한 형태를 자주 보였기 때문이다. 그 상태에서 몸은 혈관에서 대량으로 분비되는 수분을 전혀 배출할 수 없게 된다. 불과 몇 시간도 지나지 않아 환자는 바짝 말라가며, 역청처럼 끈적끈적해진 피로 인해 경련을 일으키고 새된 소리로 비명을 지르며 질식해 죽게 된다. 환자가 몸이 좀 좋지 않다가 발병이 되어 깊은 혼절 상태가 되면, 그는 더는 깨어나지 못하거나 아주 가까스로 깨어나는 경우도 가끔 있었는데, 그런 경우는 더 나았다. 6월 초순에는 소리소문도 없이 시립병원의 격리병동이 가득 찼고, 두 개의 보육원 건물에는 자리가 모자라기 시작했으며, 새로 건설된 부두와 공동묘지인 산 미켈레 섬 간에는 끔찍하리만치 빈번한 왕래가 이루어졌다. 그러나 전반적 분야에서 해를 입지 않을까 하는 공포가 있었다. 야외공원에서 얼마 전 개최된 그림 전시회를 고려해야 했으며, 패닉과 나쁜 소문이 생길 경우 호텔과 가게들, 각종 관광산업 모두를 위협하는 막대한 손실을 고려해야 했는데, 이런 고려들이 이 도시에서는 진실에 대한 애착과 국제적 협정의 준수보다 더 강한 힘을 내보였다. 그것은 당국으로 하여금 그들의 은폐와 부인 정책을 완강히 고수할 수 있도록 해주었다. 베네치아의 보건부 최고위직 관리는 공로가 많은 사람이었는데, 격분해서 자리에서 물러났고, 그 자리는 정책에 순응하는 인물로 슬며시 대치되었다. 시민들은 그 사실을 알고 있었다. 또한 상부의 부패는 지배적인 불확실성, 만연하는 죽음으로 인해 도시가 빠져든 비상사태와 더불

어 하류층 사람들의 도덕적 문란을 유발시켰다. 범법적이고 반
사회적인 충동이 무절제와 파렴치함 그리고 점증하는 범죄로
나타난 것이다. 저녁이 되면 평소와 달리 술 취한 사람들을 많
이 볼 수 있었고, 음흉한 불량배가 밤이면 거리를 불안하게 만
든다고들 했으며, 약탈사건 그리고 살인사건까지도 되풀이되
었다. 전염병으로 희생되었다는 사람들이 오히려 그들 자신의
친족들에 의해 독살된 것임이 이미 두 번이나 입증되었던 것이
다. 또한 영업상의 방종함은 뻔뻔스럽고 탈선적인 형태를 띠었
는데, 그런 일은 지금껏 이곳 사람들은 알지 못했던 것으로, 그
저 이 나라의 남부와 동방에서만 익숙하게 행해지던 것이었다.

　이러한 일들과 관련해 그 영국 남자는 결정적인 말을 했다.
"당신은", 그는 마지막으로 말했다, "하루라도 빨리 떠나시는
게 좋을 것입니다. 머잖아 곧 봉쇄령이 내려질 것입니다." —
"감사합니다." 아셴바흐는 말하고 여행사를 떠났다.

　광장은 해가 비치지 않는 후텁지근한 공기에 휩싸여 있었
다. 아무것도 모르는 외국인들은 카페 앞에 앉아 있거나 비둘
기 떼로 온통 덮혀 있는 교회 앞에 서서, 새들이 떼를 지어 날개
를 퍼덕이며 서로 밀쳐대면서, 오므린 손들 속에 담긴 옥수수알
을 쪼아먹는 모습을 지켜보고 있었다. 열에 들뜬 흥분 상태로,
진실을 소유한 데 대한 승리감에 취한 채 이 고독한 남자는 혓
바닥에는 구역질이 도는 맛을, 가슴속에는 환상적 전율을 느끼

면서 호화스러운 뜰의 포석을 밟고 오르내렸다. 그는 온당하고 깔끔한 행동이 뭘지 곰곰 생각해 보았다. 오늘 저녁 정찬을 마친 뒤 진주 장식을 한 부인에게 다가가서, 그가 구상해 놓은 바를 말 그대로 그녀에게 얘기할 수 있을 것이다. '부인, 실례지만 이 외국인이 어떠한 충고를, 사리사욕 때문에 당신께는 알려지지 않은 어떤 경고를 해드렸으면 합니다. 여길 떠나십시오, 타치오와 당신의 따님들을 데리고 당장요! 베네치아에는 전염병이 돌고 있습니다.' 그러고 나서 그는 냉소적인 신의 도구라 할 그 소년의 머리에 작별의 인사로 손을 얹고는, 몸을 돌려 이 늪에서 도망칠 수 있을 것이다. 그러나 동시에 그는 자기가 그러한 조처를 진지하게 취하려는 것과는 까마득하게 거리가 먼 상태에 있음을 느꼈다. 그렇게 하면 그는 되돌려 자기 자신에게로 다시 돌아갈 수 있을 것이다. 하지만 제정신이 아닌 자에게는 다시 자신에게로 되돌아가는 것보다 더 혐오스러운 일은 없다. 그는 저녁이면 반짝거리는 비문으로 장식된 흰색 건축물을 떠올렸다. 투명하게 빛나는 그 비문의 신비 속으로 그의 정신의 눈은 빠져들었다. 그런 다음, 이 늙어가는 남자에게 멀리 낯선 곳으로 가고 싶은 젊은 날의 탈선적 욕구를 일깨웠던 그 기이한 방랑자의 모습을 떠올렸다. 그런데 집으로 돌아갈 생각, 냉철함과 분별력, 창조의 고통과 대가 정신에 대한 생각이 그만큼이나 그를 역겹게 했기 때문에, 그의 얼굴은 몸이 아프기라도 한 것처럼 일그러졌다. "아무 말 말아야 해!" 그는 격하게 속삭였다. 그리고, "나는 아무 말도 하지 않을 것이다!" 비밀을 알고 있다는 공모의식, 그의 공범의식은 마치 약간의 포도주가 피곤한 두뇌를 취하게 하듯 그를 도취시켰다. 재난이 닥친 타락한 도시의 이미지가 황폐해진 채로 그의 정신 앞에 어른거리며 그의 내면에 희망을 지폈고, 납득할 수 없고 이성을 넘어선 엄청난 달콤함을 점화시켰다. 그가 잠시 전 한순간 꿈꾼 그 미약한 행복은 이러한 기대들에 비하면 그에게 대체 무엇이란 말인가? 혼돈이 가져다주는 이익들과 비교해볼 때 예술과 미덕이 그에게 무슨 의미가 있는가? 그는 입을 다물었고 계속 그 상태로 있었다.

이날 밤 그는 한 무서운 꿈을 꾸었다 — 아주 깊은 잠 속에서도 완전히 독자적으로, 또 감각적 현존 속에서 그에게 엄습한 어떠한 신체적-정신적 체험을 꿈이라 칭할 수 있다면 말이다. 하지만 그는 자신이 꿈 사건들 바깥에서 공간을 배회하는 것을 본 것은 아니고, 사건의 무대는 도리어 그의 영혼 자체였다. 사건은 외부에서 내부로 몰려왔고 그의 저항 — 심오한 정신적 저항을 강압적으로 제압하며 그의 영혼을 꿰뚫고 들어가 그의 존재를, 그의 삶의 문화를 황폐화시키고 말살시켜 놓았다.

시작은 두려움이었으며, 두려움에 이어 쾌감, 앞으로 일어날 일에 대한 섬뜩한 호기심이 생겨났다. 밤이 깊어갔고, 그의 감각들은 귀를 기울였다. 멀리서부터 소란한 소리, 우레 같은 굉음, 온갖 소리가 뒤섞인 소음이 다가오고 있었기 때문이다. 딸랑거리는 소리, 내려치는 소리, 둔탁한 천둥소리, 째지는 듯한 환호성에다 길게 끄는 우-음으로 울부짖는 소리, — 이 모두가 뒤섞였다가, 마치 비둘기처럼 낮은 소리로 구구 울어대는 뻔뻔할 정도로 집요한 피리소리에 의해 끔찍할 정도로 감미롭게 뒤덮여 사라졌다. 그 피리소리는 사정없이 파고 들어와 오장육부를 홀렸다. 그런데 그는 다가오는 이것을 막연하나마 한마디로 말할 수 있었다. "이방의 신!" 자욱한 연기를 뿜는 화염이 타오르고 있었다. 그때 여름 별장 주변의 산간지대와 비슷한 풍경이 보였다. 불빛이 부서지는 가운데 숲으로 뒤덮인 언덕으로부터 그루터기와 이끼 낀 바위 잔해 사이로 무엇인가가 돌며 구르더니 쏟아져 내려왔다. 인간, 짐승, 떼거리와 미쳐 날뛰는 무리였다. — 산비탈은 몸뚱이와 불꽃, 소동과 비틀거리는 윤무로 넘쳐났다. 여자들은 허리띠로 묶은 모피 옷이 너무 길어 비틀거리면서 신음을 내뱉고, 뒤로 젖힌 머리 위로 탬버린을 흔들며, 불꽃이 흩날리는 횃불과 날 선 단도를 휘두르고, 혀를 날름거리는 뱀의 몸통 가운데를 움켜쥐고 소리를 지르면서 양손으로 가슴을 떠받쳐 들고 있었다. 이마에 뿔이 난 남자들은 모피 옷을 둘렀고, 피부에는 털이 덥수룩하게 났는데, 목을 굽히고 팔과 허벅지를 들어 올리며 놋쇠 심벌즈를 요란하게 울리고 광포하게 북을 쳐대었다. 털이 없이 매끈한 소년들은 잎사귀를

두른 막대기로 숫염소들을 찌르고 염소 뿔에 달라붙어서 염소
가 펄쩍 뛰는 대로 환호성을 지르며 끌려가고 있었다. 열광한
사람들은 부드러운 자음과 끝에서 길게 끄는 우-음으로 된 소
리를 울부짖었는데, 어디서도 들어본 적이 없는 감미롭고도 야
성적인 소리였다. 이쪽에서 사슴이 우는 듯한 소리가 공중으로
울려 퍼지면, 저쪽에서 사람들은 격한 승리감에서 여러 목소리
로 화답하고, 이 소리로 서로를 부추겨 사지를 내던지며 춤을
추도록 했는데, 절대로 이 소리가 멈추지 않도록 했다. 그런데
이 모든 것을 관통하며 압도하는 것은 마음을 유혹하는 저음의
피리소리였다. 이 소리는, 저항은 하면서도 받아들이고 있는 아
셴바흐를 또한 뻔뻔스러울 정도로 집요하게 극단적 희생의 축
제와 광란으로 꾀어내지 않았던가? 혐오감과 두려움이 큰 만
큼, 침착하고 품위 있는 정신의 적인 이방의 것에 맞서 끝까지
자기 자신을 지키려는 그의 의지 또한 견실했다. 그러나 그 소
음과 울부짖음은 산등성이에 부딪혀 울려 몇 배나 증폭되고 부
풀어 올라 마음을 매혹하는 광기가 되었다. 탁한 증기가 감각을
짓눌렀는데, 코를 찌르는 듯한 숫염소의 악취, 헐떡이는 육체의
입김, 썩어들어가는 물에서 나는 듯한 냄새에다 익히 아는 또
다른 냄새, 상처와 만연한 질병에서 나는 냄새가 더해졌다. 북
소리와 함께 그의 가슴은 둥둥 울리고 머릿속은 빙빙 돌았으며,
분노와 현혹, 감각을 마비시키는 욕정이 그를 사로잡았고, 그의

영혼은 이 신의 윤무에 동참하길 갈망했다. 나무로 만들어진 거대한 음란의 상징물이 높이 모습을 드러내자 그들은 더욱 고삐가 풀려 구호를 울부짖었다. 입에는 거품을 물고 날뛰며 음탕한 몸짓과 외설스러운 손짓으로 서로를 자극하고, 웃고 신음하면서 가시 막대기를 서로의 살 속으로 찔러 넣어 사지에서 흘러나오는 피를 핥았다. 그런데 이 꿈꾸고 있는 자는 이제 그들과 함께, 그들 가운데 있었으며 이방의 신에 속하게 되었다. 그들이 자기들의 살을 찢고 살육하며 김이 나는 살점을 게걸스럽게 먹어치울 때, 파헤쳐진 이끼 바닥에서 신에게 바치는 희생제로 한계를 모르는 혼음을 시작할 때, 그들은 바로 그 자신이었다. 그리고 그의 영혼은 몰락으로 가는 방탕과 광란을 맛보았다.

기진맥진 착란에 빠져 무기력하게 악마에 사로잡혀 있던 이 재앙에 빠진 자는 그 꿈에서 깨어났다. 그는 자기를 바라보는 사람들의 시선을 더이상 두려워하지 않았다. 그들의 의심에 노출되는 것도 개의치 않았다. 하긴 사람들은 떠나버리고 없었다. 해변의 수많은 방갈로들은 비어있었고 식당에도 빈자리가 상당히 많이 보였으며, 시내에서 외지인은 한 사람도 보기가 힘들었다. 진실이 새어나가면서, 이해관계자들이 단단히 결속했음에도 불구하고 공포를 더는 막기 힘들었던 모양이었다. 그러나 진주목걸이의 여인은 가족과 함께 그대로 남아 있었는데, 그 소문이 그녀에게까지는 미치지 못했거나, 혹은 그녀가 그런 소문 정도는 아랑곳하지 않을 정도로 당차고 겁이 없기 때문일 수도 있었다. 타치오는 남아 있었던 것이다. 그리고 그는 거리 낌없이, 도주와 죽음이 주변의 모든 성가신 생명체들을 멀리 떼어놓아서, 자기 혼자 미소년과 함께 이 섬에 남아 있을 수도 있지 않을까 하는 생각을 이따금씩 했다. 정말이지, 오전에 바닷가에서 열망하는 대상에서 자신의 시선을 한순간도 떼지 못하고 무책임하게 고정된 시선으로 바라볼 때나, 해질녘에 비밀에 부쳐졌던 구역질 나는 죽음이 배회하는 골목길을 누비며 그 소년을 체신머리 없이 뒤쫓을 때면, 그 엄청난 사건이 그에게는 희망이 넘치는 것으로 생각되었으며, 도덕적 법이란 것은 덧없는 것으로 여겨졌다.

사랑에 빠진 여느 사람처럼 그는 호감을 사고 싶어 했고, 그게 더이상 가능하지 않을까 봐 엄청난 두려움을 느꼈다. 그는 매일 자신의 양복에 젊은 기운을 주는 자잘한 것들을 달았고, 보석을 착용하고 향수를 사용했다. 하루에도 여러 번 몸단장을 하느라 많은 시간을 썼고, 치장을 하고서 흥분되고 긴장된 마음으로 식사하러 왔다. 자신을 이렇게 만든 그 사랑스러운 소년과 마주치면 늙어가는 자기 몸뚱이가 역겹게 여겨졌다. 세어버린 머리카락과 날카롭게 각진 얼굴 모습을 보고는 수치와 절망감 속으로 곤두박질쳤다. 이는 육체적으로 원기를 회복하고 젊음을 되찾도록 그를 충동질했다. 그는 자주 호텔 이발소를 찾았다.

이발 가운을 걸치고 의자에 기대앉아 수다쟁이 이발사의 손질을 받으며 그는 고통스러운 시선으로 거울에 비친 자신의 모습을 바라보았다.

"머리가 세었군", 그가 입을 찡그리며 말했다.

"약간이요", 그 남자가 대답했다. "바로 약간의 게으름, 외모에 대한 무관심 탓인데, 저명하신 분들은 으레 그러시지요. 그러나 그렇다고 무조건 칭찬할 수만은 없는 일이지요. 게다가 그런 분들일수록 더욱 자연스럽다느니, 인공적이라느니 하는 문제에 있어서 편견을 갖는 것이 합당치 않으시기에 더욱 신경을 쓰셔야 합니다. 화장술에 대한 어떤 이들의 도덕적 엄격함을 논리적으로 그들의 치아에까지 확장하여 적용한다면, 그것은 적잖은 반발을 불러일으킬 겁니다. 결국 우리는 우리의 정신, 우리의 심장이 느끼는 것만큼 나이를 먹는 것이지요. 그러니 하얗게 센 머리는 경우에 따라서는 억지로라도 바로잡는 것보다 실제로는 더 심한 거짓을 의미할 수도 있습니다. 선생님, 선생님의 경우에는 자신의 자연스러운 머리색을 가질 권리가 있습니다. 제가 선생님의 머리색을 간단히 되돌려 드릴까요?"

"어떻게요?" 아셴바흐가 물었다.

그 말 많은 남자는 손님의 모발을 두 가지 물로, 하나는 투명하고 다른 하나는 탁한 액체로 씻었다. 그러자 젊은 시절처럼 그의 머리가 새까매졌다. 이발사는 여기에 더해 불에 달군 인두로 부드럽게 머리를 말고는, 뒤로 물러나서 자신이 손질한 머리를 찬찬히 살펴보았다.

"이제 얼굴 피부만 약간 생기 있게 만들면 되겠습니다." 그가 말했다.

그러고는 끝을 낼 줄도, 만족할 줄도 모르는 사람처럼 이렇게 저렇게 매만지며 부산을 떨었다. 아셴바흐는 이발사의 손질을 거절도 못하고 편히 앉아, 오히려 어떻게 될까 흥분하여 기대를 잔뜩 품고 거울을 보았다. 그는 눈썹이 뚜렷하고 매끈하게 둥근 모양으로 다듬어지고, 눈매가 길어졌으며, 가벼운 눈화장으로 눈빛이 살아나는 것을 보았다. 그는 또 훨씬 아래쪽을 보았는데, 갈색 가죽 같았던 피부에 엷게 크림이 발라진 후 부드러운 홍조가 살아나고, 방금 전까지 핏기없이 창백했던 입술이 산딸기색으로 부풀어 오르는 것을, 뺨과 입가에 파인 고랑과 눈가의 자글자글한 주름이 크림과 젊음의 입김 덕분에 사라지는 것을 보았다. — 그는 두근거리는 가슴으로 피어나는 청춘을 바라보았다. 화장을 해주는 남자는 마침내 만족하며, 그런 부류의 사람들이 자기가 서비스해준 사람에게 흔히 하는 식으로 아부를 떨며 감사의 뜻을 표했다. "살짝 마무리를 해 드렸을 뿐입죠." 그는 아셴바흐의 외모를 마지막으로 손질하며 말했다. "이제 선생님께서는 아무 염려 없이 사랑에 빠지실 수 있을 겁니다." 정신이 홀린 아셴바흐는 꿈꾸는 듯 행복하면서도 혼란스럽고 두려운 마음으로 걸어 나왔다. 그의 넥타이는 빨간 색이었고, 챙 넓은 밀짚모자에는 알록달록한 색깔의 리본이 달려 있었다.

미지근한 폭풍이 일었다. 비는 거의 내리지 않았는데도 공기는 습하고 탁했으며 부패하는 냄새로 가득했다. 펄럭펄럭, 찰싹찰싹 그리고 쏴쏴 하는 소리가 귀에 가득했다. 화장하고 열에 들뜬 남자에게는 고약한 족속인 바람의 정령들이 바로 이곳에서 출몰하는 것같이 느껴졌다. 바다의 사악한 날짐승들이 이 심판받은 자의 성찬을 파헤치고 갉아먹으며 오물로 더럽히고 있었던 것이다. 후덥지근한 날씨 때문에 식욕도 없었고, 음식이 전염병균에 감염되었을 거라는 생각이 떠나질 않았다.

어느 날 오후, 아셴바흐는 아름다운 소년의 자취를 따라가다 길을 잘못 들어 병든 도시의 안쪽 복잡한 곳으로 깊숙이 들어가게 되었다. 좁은 골목과 수로, 다리와 작은 광장들의 미로가 서로 너무 비슷해서 방향감각을 잃고 동서남북 분간이 더는 확실치 않게 되었는데도, 그는 오로지 자기가 애타게 뒤쫓는 그 모습을 눈에서 놓치지 않으려는 생각뿐이었다. 또 수치스러운 마음에 조심하느라고 담벼락에 바싹 붙거나, 앞서가는 사람의 등 뒤에 숨기도 하며 갔던 까닭에, 격한 감정과 지속되는 긴장감으로 인해 자신의 육체와 정신이 얼마나 피로해지고 탈진상태가 되었는지, 그는 한참 동안 의식하지 못했다. 타치오는 자기 가족의 뒤에서 걸어가고 있었다. 그는 보모와 수녀 같은 누이들을 좁은 길에서는 앞에 가게 하고 혼자 따로 어슬렁거리면서, 이따금씩 머리를 돌려 어깨너머로 자기를 연모하는 사람이 뒤따라오는지 특유의 연회색 눈빛으로 확인하곤 했다. 타치오는 아셴바흐를 보았지만 그의 존재를 누설하지 않았다. 이런 사실을 알게 되어 도취되고 그 눈빛에 현혹된 채, 바보의 끈을 잡고 열정에 이끌려서, 이 사랑에 빠진 자는 가당치도 않는 희망을 품고 앞쪽으로 은밀히 이끌려 갔다. — 그런데도 그는 결국 그들의 모습을 놓치고 말았다. 폴란드인 가족은 짧은 아치 다리를 건넜는데, 이 아치의 높이에 가려 그들의 모습이 뒤따라오는 사람에게 보이지 않게 된 것이다. 그가 다리 위에 도달했을 때는 더이상 그들을 발견할 수가 없었다. 그는 그들을 찾아 세 방향으로, 곧장 가는 길과 좁고 더러운 선창을 따라 양쪽 측면으로 살펴보았지만 허사였다. 기진맥진 쓰러질 것 같아 그는 결국 찾는 일을 그만둘 수밖에 없었다.

그의 머리는 화끈거리고, 온몸은 끈적거리는 땀으로 절었으며, 목덜미는 떨렸다. 더 이상 참을 수 없는 갈증이 그를 고통스럽게 했다. 그는 잠시만이라도 기운을 차리려고 뭐라도 찾아 둘러보았다. 조그만 야채 가게 앞에서 그는 과일을 좀 샀고, 너무 익어 물러버린 그 딸기를 걸으면서 먹었다. 저주받은 듯한

느낌을 주는 황량한 작은 광장이 그의 앞에 펼쳐졌는데, 그는
이 광장을 알고 있었다. 이곳에서 그는 몇 주 전, 결국 수포로
돌아간 도주 계획을 세웠던 것이다. 그는 광장 한가운데에 있는
물탱크의 계단에 주저앉아 둥근 돌에 머리를 기댔다. 사위는 조
용하고 포석 사이에는 풀이 자라고 있으며, 여기저기 쓰레기가
널려 있었다. 비바람에 상하고 높이가 고르지 못한 광장 주변의
집들 중에는 뾰쪽한 아치 창문이 있는 궁전 풍의 집도 한 채 있
었는데, 창문 뒤로 보이는 집은 비어있었고, 작은 사자 장식이
있는 발코니가 달려 있었다. 다른 집의 일층에는 약국이 있었
다. 훅하고 부는 따뜻한 바람이 간간이 페놀 냄새를 실어왔다.

그는 그곳에 앉아 있었다. 대가이자 귀족작위를 받은 예술
가, 〈가련한 남자〉의 작가, 그렇게나 모범적인 순수한 형식으
로, 집시 기질과 깊은 침울함에 작별을 고하여 심연과의 연대
를 끊고, 타락한 사람들을 배척했던 자, 그 승승장구한 사람, 자
신의 지식과 모든 아이러니를 정복하고 성장하여 대중의 신뢰
에 걸맞는 구속감을 갖는 데 익숙해진 자, 공식적으로 명예를
얻고 귀족의 칭호를 받은 그가 거기에 앉아 있는 것이다. 아이
들은 그의 문체를 모범으로 삼도록 교육을 받게 되어 있었다.
그의 눈꺼풀은 감겨 있었다. 이따금씩 비웃는 듯 당황한 눈빛이
옆으로 새어 나왔다가 재빨리 다시 숨어버렸다. 화장으로 잡아
올린 축 늘어진 입술은 반쯤 잠이 든 그의 뇌가 기이한 꿈의 논

리에 기대어 만들어낸 바를 몇 마디 말로 표현해냈다.

"그러니까 아름다움은, 파이드로스여, 잘 명심해라, 아름다움만이 신적인 것이고 동시에 눈에 보이는 것이란다. 그래서 아름다움은 감각을 지닌 자가 가는 길이다. 어린 파이드로스여, 그것은 또한 예술가가 정신에 이르는 길인 것이지. 그런데 너, 사랑스러운 아이야, 그러한 길이 지혜와 남자의 참된 품위를 얻게 한 적이 있다고 생각하느냐? 감각을 통해 정신에 이르는 길이 나 있는 게 그를 위해서 아니겠느냐? 아니면 (결정은 네게 맡긴다마는) 오히려 그것은 위험스럽고도 쾌적한 길이라고, 필연적으로 잘못에 이르게 하는 그야말로 오류와 죄악의 길이라고 믿느냐? 너는 우리 시인이란 사람들은 에로스와 친구가 되어 그를 인도자로 앞세우지 않고는 아름다움의 길을 갈 수 없다는 사실을 알아야만 할 것이야. 사실 우리도 우리 나름으로는 영웅이고 규율이 있는 전사일 수도 있지만, 열정이 우리를 고양시키고 우리의 열망이 사랑에 머물러 있어야 한다는 점에서 여자들과 비슷하지. ― 이런 점이 바로 우리의 욕망이고 수치인 것이야. 우리 시인들이 지혜로울 수도, 품위가 있을 수도 없다는 것을 이제 너는 알겠지? 우리가 어쩔 수 없이 잘못된 길을 간다는 것을, 어쩔 수 없이 태만해지고 감정의 모험에 빠진다는 것을 알겠지? 우리의 문체에서 보이는 대가다운 태도는 허위이고 바보 같은 짓이며, 우리의 명성과 명예로운 지위는 일종의 익살극이며, 대중이 우리에게 보이는 신뢰는 지극히 우스꽝스러운 것이다. 예술을 통해 민중과 젊은이를 교육시키겠다는 것은 무모하고 금지되어야 할 계획이다. 왜냐하면 구제불능으로 타락할 성향을 타고 태어나서 심연에 빠져들 수밖에 없는 자가 어떻게 교육자로서 자질이 있겠는가? 우리는 그러한 심연을 부정하고 품위를 얻고 싶지만, 우리가 어디로 향하든지 그 심연이 우리를 끌어당긴다. 그래서 우리는 그 해체시키는 인식을 거부한다. 왜냐하면 파이드로스여, 인식이란 그 어떤 품위도 엄격함도 지니고 있지 않으며, 뭔가를 알면서 이해하고 용서하는 것이지, 어떠한 태도나 형식을 지닌 게 아니기 때문이다. 인식은 심연과의 공감이며 그 자체다. 그러므로 우리는 단호하게 인식을 배척하며, 앞으로 우리의 노력은 오로지 아름다움에만, 말하자면 단순성과 위대함 그리고 새로운 엄격함, 제2의 자유와 형식에만 의존할 것이다. 그러나 형식과 자유로움은, 파이드로스여, 열정과 욕망으로 치닫게 되고, 고귀한 자를 무시무시한 감정의 방종으로, 심연으로 이끌어갈 것이다. 그 자신의 미적 엄격성이 그것을 불명예스럽다고 배척하는 데도 말이지. 형식과 자유로움 역시 심연으로 이끌어갈 것이다. 내 말은 그것들이 우리 시인들을 그리로 이끈다는 것이야. 왜냐하면 우리는 스스로를 향상시킬 수 없고 그저 방종한 생활을 할 뿐이기 때문이다. 이제 나는 가야겠다. 너는 여기 머물러 있거라. 네가 나를 더 이상 보지 못하게 되거든, 그때 비로소 너도 가거라."

　며칠 후 구스타프 폰 아셴바흐는 몸이 불편했기 때문에, 평소보다 더 늦은 아침 시간에 해수욕장-호텔을 나섰다. 그는 육체적인 것만이 아닌 모종의 현기증과 싸워야 했는데, 그 때문에 불안이 급격히 치솟아왔다. 그것은 외부세계와 관련된 것인지 아니면 자기 자신의 존재와 관련된 것인지 분명치 않은, 탈출구도 전망도 없다는 느낌을 주었다. 홀에서 그는 운송할 준비가 되어 늘어서 있는 엄청난 양의 짐들을 발견했다. 그래서 한 수위에게 여행을 떠나는 사람이 누구인지 물었다가, 답변으로 그 폴란드 귀족의 이름을 듣게 되었는데, 그것은 그가 남몰래 각오하고 있던 이름이었다. 수척한 얼굴 표정을 유지하면서 그는 굳이 알 필요는 없지만 그냥 지나가는 길에 알아둔다는 식으로 고개만 약간 치켜들면서 그 이름을 들었다. 그리고 한마디 더 물었다. '언제 떠나지요?' 수위가 대답했다. '점심 식사 후에요.' 그는 고개를 끄덕이고 바다 쪽으로 갔다.

　그곳은 한적했다. 해안에서 가장 가까이 뻗어 있는 긴 모래톱과 해안을 가르고 있는 넓고 얕은 바닷물 위로는 잔물결이 앞에서부터 뒤쪽으로 밀려가고 있었다. 한때는 그토록 다채롭게 활기를 띠었으나 지금은 거의 황량해진 휴양지에는 가을의 기운이, 쇠락의 기미가 감돌았고, 그곳 모래는 더는 깨끗하게 관리되지 않았다. 주인을 잃어버린 듯한 카메라 한 대가 삼각대 위에 놓인 채로 바닷가에 세워져 있었고, 그 위를 덮고 있는 검은 보자기가 제법 쌀쌀한 바람에 펄럭이며 나부끼고 있었다.

　타치오는 그의 옆에 남아 있는 서너 명의 동무들과 자기네 방갈로 앞 오른쪽에서 놀고 있었다. 그리고, 아셴바흐는 열 지어 있는 해변 방갈로들과 바다 사이 중간쯤 되는 곳에서 자신의 안락의자를 갖다 놓고 담요로 무릎을 덮은 채 가만히 앉아서 다시 한 번 그 소년을 바라보고 있었다. 여자들이 떠날 채비를 하느라 바빠서 지켜보지 못했기 때문에, 놀이는 무질서하게 되고 엉망이 되어가는 듯했다. 벨트 매는 정장을 입고 까만 머리에 포마드를 바른 '야슈'라 불린 그 옹골차게 생긴 소년은 얼굴에 모래가 뿌려진 데 대해 흥분하고 눈이 뒤집혀 타치오에게 씨름하자며 윽박질렀고, 씨름은 더 허약한 미소년이 쓰러지는 것으로 금방 끝이 났다. 그런데 마치, 보다 열등한 자의 예속적이었던 감정이 작별의 순간이 오자 잔인한 야비함으로 돌변하여, 오랫동안 노예같이 지낸 것에 대해 복수를 하려는 듯이, 씨름에 이긴 소년은 그러고도 아직 밑에 깔린 소년을 놓아주지 않고 그의 등에 무릎을 찍은 채 소년의 얼굴을 계속 모래 속에 처박아 눌렀기 때문에, 그렇잖아도 싸우느라 숨이 차 있던 타치오는 질식해 죽기 직전이었다. 내리누르는 자를 떨쳐버리려는 타치오의 노력이 꿈틀거리는 가운데 시도되었는데, 아주 잠시 완전히 중단되었다가 이제는 단지 경련을 일으키듯 되풀이될 뿐이었다. 경악한 나머지 아셴바흐가 소년을 구하러 가기 위해 벌떡 일어났을 때, 그 폭행자는 마침내 자신의 희생자를 풀어 주었다. 몹시 창백해진 타치오는 몸을 반쯤 일으키고 한쪽 팔로 땅을 짚고서 헝클어진 머리와 어둡게 그늘진 눈으로 몇 분 동안 꼼짝도 하지 않고 앉아 있었다. 그러다가 그는 완전히 일어나서 서서히 멀어져 갔다. 폭행자가 처음에는 유쾌한 소리로, 나중에는 불안한 듯 애원하는 소리로 타치오를 불렀는데 그는 듣지 않았다. 까만 머리 소년은 자신의 지나친 짓에 대해 곧바로 후회가 되었는지 타치오를 뒤따라가서는 그와 화해하려고 애썼다. 타치오는 한 번의 어깨짓으로 그를 뿌리쳐 버렸다. 그는 비스듬하게 아래쪽으로 내려가 물가로 걸어갔다. 그는 맨발이었으며 빨간 리본이 달린 줄무늬 리넨 정장을 입고 있었다.

물가에서 타치오는 잠시 머무르면서 고개를 숙인 채 젖은 모래 속에 한쪽 발끝으로 형상들을 그리고 있었다. 그런 다음, 가장 깊은 지점이라 해봤자 그의 무릎까지도 물이 적시지 않는 바닷물 속으로 걸어 들어갔다. 어슬렁거리며 앞으로 나가면서 얕은 바다를 가로질러 모래톱에 이르렀다. 거기서 그는 얼굴을 광활한 바다 쪽으로 향하고 잠시 서 있었다. 그리고 그 지점에서, 기다랗고 좁게 뻗은 노출된 바닥 위를 왼쪽 방향으로 느릿느릿 걷기 시작했다. 널따란 바닷물로 인해 육지와 분리되고 오

만한 기분으로 인해 동무들과 분리된 채, 그는 완전히 외톨이가
되어 모든 연관관계에서 벗어난 모습으로 머리카락을 휘날리
며 저 바깥쪽 바닷속을, 바람 속을, 안개와 같이 끝없는 것의 앞
을 거닐고 있었다. 그는 다시 한 번 전망을 바라보기 위해 멈춰
섰다. 그러다 갑자기 어떤 기억이라도 떠오른 듯, 어떠한 자극
이라도 받은 듯, 그는 한 손을 허리에 대고 원래의 자세로부터
상체를 우아하게 돌려 어깨 너머로 해변을 바라보았다. 거기에
는 소년을 지켜보고 있는 그 남자가 전과 마찬가지로 앉아 있었
다. 그의 흐릿한 시선이 경계를 넘어와 소년의 시선과 처음 마
주쳤을 때와 마찬가지로 그가 앉아 있었던 것이다. 아셴바흐는
안락의자의 등받이에 고개를 기댄 채, 저 건너편에서 걷고 있는
소년의 움직임을 천천히 좇고 있었다. 이제 소년의 시선을 맞이
하듯이 그의 고개가 들렸다가 이내 가슴으로 툭 떨어져서, 그의
두 눈은 아래쪽에서 쳐다보게 되는 상황이 되었고, 그의 얼굴은
깊은 잠이 들었을 때처럼 축 쳐지고 무슨 생각에 침잠해 있는
듯한 표정을 띠었다. 그러나 그에게는 마치 그 창백하고 사랑
스러운 영혼의 인도자[25]가 저 멀리에서 그에게 미소를 짓고 눈
짓하는 것 같았다. 마치 그가 허리에서 손을 떼어 먼 곳을 가리
키며 그 약속에 찬 광활한 곳으로 앞장서 떠가는 것 같았다. 그

---

25    그리스 신 헤르메스.

래서 그는 지금껏 자주 그래왔듯이, 그를 따라가려고 일어섰다.

몇 분이 지나갔다. 그때서야 사람들은 의자에 앉은 채 옆으로 쓰러져 있는 그 남자를 구하려고 급히 달려왔다. 그는 자기 방으로 옮겨졌다. 그리고 바로 당일에 세상 사람들은 충격을 금치 못하면서 존경하는 그 시인의 죽음에 대한 보도를 들었다.

# 작품 해설

## 〈열차 사고〉 (1909)

윤순식

한 화자가 열차를 타고 가는 동안에 겪는 짧은 '사고'를 중심으로 이야기가 펼쳐진다. 화자는 여행하는 내내 열차의 흔들림과 소음에 예민하게 반응하며 사고가 날 것이라는 불안에 사로잡힌다. 그는 열차의 작은 진동에도 죽음이 다가온다고 상상하며, 머릿속에는 이미 큰 재난이 벌어진 듯한 장면이 떠오른다. 그러나 실제로 일어난 '사고'는 단지 열차가 갑자기 멈추면서 다른 객차와 가볍게 충돌한 정도이고, 승객들은 놀라기는 하지만 금세 상황을 정리하고 다시 평온한 분위기로 돌아간다.

〈열차 사고〉는 제목과 달리 비극적 사건을 다루기보다는, 사고 가능성에 과도하게 불안해하는 인간 심리를 다루며 풍자하는 경쾌한 단편이다. 화자는 사고를 문학적으로 상상하고, 비장한 감정에 몰입하고, 자신의 죽음을 미리 연출하지만, 정작 실제 사고는 미미한 충돌에 불과하여 승객들은 곧 일상적인 대화로 돌아간다. 이 대비는 인간이 현실 그 자체보다 자기 감정과 상상이 만들어낸 세계에 더 강하게 반응하는 존재임을 드러낸다.

토마스 만은 이러한 과장된 불안과 자기 연민을 가볍게 비틀어, 죽음을 둘러싼 '문학적 포즈'와 예술가적 감수성의 과잉을 희화화한다. 화자의 극도로 예민한 반응과 사고의 실상 사이의 간극은, 우리가 얼마나 자주 스스로의 상상과 공포에 사로잡히는지를 보여주는 동시에, 거대한 감정적 동요도 결국은 일상의 소음 속으로 흩어진다는 인간적 아이러니를 강조한다. 결국 이 작품은 사건 자체가 아니라, 이를 바라보는 인식의 왜곡과 인간 마음의 연약함을 주제로 한 작은 심리극이자 유머로 읽을 수 있다.

그리고 토마스 만의 전체 작품들과 연관 짓는다면 여기서 드러나는 것은 기술 문명 속 현대인의 과민성, 충격, 신경적 반응성이다. 토마스 만은 부르주아적 삶의 나약함과 신경질을 날카롭게 풍자한다. 겉으로는 멀쩡하지만 내면에서는 병들어 있는 인간의 초상을 보여준다. 이것은 1924년 발표한 작품, 《마의 산》의 병·건강·문명 비판을 준비하는 문제의식과도 연결된다. 〈열차 사고〉는 그래서 단순한 사고담이 아니라 근대적 주체의 병리학적 초상화이다. 결론적으로, 이 작품은 "병이 아니라 병에 대한 공포가 인간을 병들게 한다"는 통찰을 예리하게 포착한다.

## 〈야페와 도 에스코바르가 치고받은 사연〉(1911)

김륜옥

이 단편은 원래 빈의 유력한 일간지 〈신자유 신문Neue Freie Presse〉(1864-1939)의 1910년 크리스마스 특집을 위한 주문에 따라 그해 11월에 집필되었다. 하지만 실제 첫 발표는 1911년 2월에 발간된 뮌헨의 〈남독일 월간지Süddeutsche Monatshefte〉(1904-1936)에서 이루어졌다. 이후 1914년에 베를린에서 출판된 토마스 만의 첫 단편집《신동. 단편집Das Wunderkind. Novellen》에 묶여 나온 바 있다. 여기에 함께 실렸던 다른 6편의 작품들은 〈신동Das Wunderkind〉, 〈산고(産苦)Schwere Stunde〉, 〈예언자의 집에서Beim Prompheten〉, 〈어떤 행복Ein Glück〉, 〈일화Anekdote〉, 〈열차 사고 Das Eisenbahnunglück〉이다.

작품의 서사는, 사춘기 청소년들 사이에서 벌어지는 힘겨루기와 이를 지켜보는 주요 인물들의 관전이라는 비교적 단순한 구조를 띤다. '사내다운' 면모를 둘러싼 자존심에 휩쓸려 싸움을 벌이는 청소년들은 (작품명에서 언급된) 독일인 야페와 스페인인인 도 에스코바르이지만, 서사의 내적 관심은 서술자 '나'와 그의 친구 조니로서, 이들이 실질적인 '주인공'인 셈이다.

지금까지 토마스 만의 전체 작품에서 문학적으로 크게 주목

받지 못하는 단편으로 남아있지만, 사실 여기서 토마스 만 문학 특유의 자전적인 핵심 요소로서의 주요 모티프와 서사적 주체, 즉 궁극적으로는 자전적 작가 토마스 만 자신의 의식과 심리가 매우 잘 드러난다. 무엇보다 그의 전체 작품에서 가장 기본적인 바탕을 이루고 있는 동성애 모티프는 결코 간과할 수 없는 부분이다. 이와 함께 '남성다움'과 '여성다움'에 대한 작가의 끊임없는 생각과 갈등이 핵심적인 요소인 것도 마찬가지이다.

특히 〈토니오 크뢰거〉(1903)에서 주인공이 동경하던 한스 한젠은 조니로 다시 등장하고 있을뿐더러, '남자답지' 못한, 혹은 '여자 같은' 발레 마이스터 프랑수아 크나크는 이름까지 그대로 옮겨졌다. 또한 '남성적이자 여성적인' 존재의 대명사 "아모르"로 비유되는 조니는 바로 다음 해에 발표될 〈베네치아에서의 죽음〉(1912)의 미소년 타치오를 상당히 선취하고 있다. 서술자 '나'는 싸움의 당사자들보다 사실상 조니의 존재와 자신의 혼란스러운 성역할 의식에 대해 더욱 깊은 관심을 드러냄으로써 토마스 만의 전 작품을 이끌어가는 핵심 요소로서의 성적 갈등과 함께 그런 문제의식의 문학화를 환기시킨다.

이 작품에서 언급된 유럽의 시대적 위기 역시 상당히 현실적이다. 이 소설이 집필되고 발표되던 시기의 유럽은 곳곳에서 영토 분쟁으로 전운이 가득했다. 특히 작품이 발표되기 직전, 즉 1911년 봄에 프랑스와 독일 사이에서 북아프리카 모로코 남

부의 항구 아가디르(Agadir)를 둘러싸고 일어난 분쟁이 대표적이
다. 독일 소년 야페가 상대적으로 약한 체질에도 불구하고 소위
'북구의' 냉정한 정신력으로 제압해 낸 도 에스코바르가 겉멋에
찬 스페인 소년이라는 점은 우연이 아닌 것으로 보인다. 스페인
은 프랑스와 마찬가지로 로망스어를 쓰는 남구의 라틴계 국가
라는 점에서 분명 연관성이 있다. 실제로 아가디르 분쟁이 프랑
스에 유리하게 마무리됨에 따라 독일 내에서 팽배하던 반 프랑
스 정서는 곧 다가오는 1차 세계대전(1914-1918)으로도 연결된
다는 점에서 이 단편에 내재된 복합적인 요소는 더욱 흥미롭다.

　　　　　　〈베네치아에서의 죽음〉(1912)

김현진

나르시스의 시선:

토마스 만의 중편소설 〈베네치아에서의 죽음〉(1912)은 병과 죽음, 사랑을 동일한 범주로 그려낸 토마스 만의 초기 미학적 사고를 결산하는 작품이라 할 수 있다. 여기에서 주인공의 에로스적 욕망은 무엇보다도 보는 행위를 통해서 생겨나고, 그것은 시각적 환상을 통해서 그려진다. 투철한 삶의 태도로 시민적 삶을 영위하며 작가로서 명성을 날려 온 중년의 남자 아셴바흐가 여행에서 마주친 한 소년에게 이끌려 순식간에 죽음으로 내몰리는 과정을 묘사하고 있는 이 소설에서 그를 그처럼 무너뜨리는 데 결정적인 역할을 한 것은 바로 시선의 교류이다. 죽음으로 이어지는 그의 몰락의 첫 단계부터가 산책 중 공동묘지에서 만난 한 "범상치 않은 모습의 낯선 남자"를 바라보게 됨으로써 시작된다. 이 남자는 아셴바흐에게 불현듯 여행에 대한 욕구를 불러일으키고, 그것은 앞으로 이어질 사랑의 죽음의 세계로 가는 여행의 출발점이 된다. 그 낯선 남자를 바라보는 주인공의 눈앞에는 원초적인 자연의 이미지로서 무질서와 혼란의 세계를 나타내는 하나의 시각적 상이 펼쳐지는데, 그것은 그 자신의 내면에 자리

잡고 있던 무의식적 욕망이라고 생각할 수 있다. 잠깐 동안 마주친 이러한 환상은 지금까지 지탱해 온 모든 삶을 무너뜨리고, 사랑과 죽음의 세계를 향해 가는 여정의 신호탄이 된다. 그것은 질서도 경계도 없고 자아와 타자의 분리가 이루어지지 않은 근원적이고 총체적인 합일의 세계를 나타낸다. 그가 바라본 시각적 이미지는 아직 아버지의 법을 알지 못하는 아이가 어머니와의 결합을 꿈꾸는 유아기적인 상상의 세계와도 같다.

그에게 이미 오랜 전에 잊혀졌던 그러한 욕망을 불러일으키는 결정적 인물인 타치오란 소년과의 관계는 언어가 전혀 없는 완전한 시선만의 관계이다. 그러한 시선의 교류는 아셴바흐가 죽는 순간까지 이루어지는데, 여기에서 시선에 의해 야기된 에로스적 욕망은 동성애의 성격을 지닌다. 타치오가 눈길과 함께 보낸 나르시스의 미소, 즉 "자기 자신의 영상을 향해 팔을 뻗는 저 오묘하고 매혹적이며 매혹을 당한 미소"를 보았을 때 아셴바흐의 사랑은 극에 달한다. 불현듯 보게 된 시각적 환상이 아셴바흐의 에로스적 욕망을 자극했다면, 그러한 욕망은 미소년 타치오와의 이러한 시선의 관계를 통해 극단적인 상태에 이른다. 명부의 세계로 안내하는 사자 헤르메스와도 같이, 바닷물 속을 들어가 그에게 손짓하는 타치오를 바라보며 아셴바흐는 마침내 죽음을 맞게 된다. 이처럼 시선의 교류를 통해 분출된 에로스적 욕망에 사로잡히게 된 주인공은 그가 그토록 투철하게 지켜온

시민적 질서의 세계에서 완전히 벗어나 사랑과 방종, 무질서, 죽음의 세계에 빠지게 된다. 그것은 시각적 만족으로서만 표출되지만, 주인공을 죽음으로 이끄는 강력한 힘으로 작용한다. 이처럼 이 소설에서 시선과 시각적 환상, 에로스, 동성애는 죽음과 밀접한 관계에 있다. 아셴바흐는 죽음과 속임수와 질병과 에로스의 도시 베네치아로부터 도주하려고 몇 번이나 시도했으나 실패한다. 그것은 자크 라캉이 말한 바, 거울 속에 비친 허구적 이미지를 자신과 동일시하고 바라보고 환호하는 아이를 연상시키는 '상상적 주체'의 회귀로 생각할 수 있겠다.

# 역자 소개
### (가나다 순)

**김륜옥** 前 성신여대 독일어문 · 문화학과 교수, 동 대학 대학원 대학원장
— 프라이부르크(Freiburg) 대학교 철학박사
— 한국토마스만학회장 역임
— 《토마스 만의 삶과 작품을 구성하는 요소로서의 '여성적인'자아와 여성상》
(Peter Lang, 1997)
— 〈파우스트적 천재 이데올로기가 지닌 두 얼굴의 변용 추이 — 시각적 욕망에
서 청각적 묵시록을 거쳐 후각적 자기해체까지〉 (헤세연구, 2010)
— 〈클라우스 만의 『메피스토』에 나타나는 상호텍스트성의 특징 – 특히 토
마스 만의 『파우스트 박사』에 대한 선행텍스트로서의 관점에서〉 (헤세연
구, 2014)
— 〈토마스 만의 소설 『뒤바뀐 머리』 — "인도성담" 혹은, 유럽/독일 신화?〉
(헤세연구, 2015)
— 〈토마스 만의 삶과 작품에서 '결정적인 순간, 결정의 순간' — "P.E.와 토니오
크뢰거 시절"의 성 역할 의식을 중심으로〉 (헤세연구, 2016)
— 〈사랑 혹은 돈: 후기 시민사회의 '애정 자본' — 토마스 만의 장편소설 『부덴
부로크 일가』와 『대공전하』를 예로〉 (독일어문학, 2017)
— 〈민족주의 및 보수주의 예술의 허와 실 — 리하르트 바그너와 토마스 만을
예로〉 (독어독둔학, 2019)
— 〈만 가문의 부성적 · 남성적 이야기, 또는 독일의 아버지와 아들 문제에 대
해〉 (Peter Lang, 2021)

역서:

— 신경숙: Das Zimmer im Abseits(《외딴방》) (Bielefeld: Pendragon, 2001)

— 토마스 만:《파우스트 박사》(문학과지성사, 2019) 외 다수


**김현진** 연세대학교 인문학연구원 전문연구원

— 연세대학교 문학박사. 서울대학교 박사 후 연수과정 수료

— 한국토마스만학회장 역임


역서:

—《융》 (한길사, 1999)

—《레만 씨 이야기》 (현대문학, 2002)

—《꿈에 나타난 개성화 과정의 상징》 (솔출판사, 2002)

—《그림의 혁명》 (커뮤니케이션북스, 2004)

—《상징과 리비도》 (솔출판사, 2005)

—《요양객》 (을유문화사, 2009)

—《서사론의 새로운 연구 방향》 (공역, 한국문화사, 2018)

—《창조신화》 (한국융연구원, 2019)

—《선택받은 사람》 (나남, 2020) 외 다수


**윤순식** 홍익대학교 교양과(독문학) 교수

— 서울대 인문대학 독문학 문학박사. 베를린 훔볼트 대학교 Post-Doc

— 공군사관학교 독일어 전임교수, 서울대학교 강사, 한양대학교 연구교수,
　덕성여자대학교 교양학부 교수 역임

— 한국토마스만학회장 역임

— 〈병과 문학〉 (헤세연구, 2009)

— 〈토마스 만의 에세이에 대한 소고〉 (독일문학, 2017)

— 〈문학과 정치〉 (독어교육, 2019)

— 《토마스 만》 (살림출판사, 2005)

— 《프란츠 카프카의 생각을 읽자》 (김영사, 2017)

역서:

— 《마의 산》 (열린책들, 2014)

— 《독일 전설》 (서울대출판부, 2015)

— 《사기꾼 펠릭스 크룰의 고백》 (아카넷, 2017)

— 《내가 아는 나는 누구인가》 (교학도서, 2022)

— 《차라투스트라는 이렇게 말했다》 (미래지식, 2022)

— 《백만장자와 수도승》 (교학도서, 2024) 외 다수